死という最後の未来

石原慎太郎
曽野綾子

幻冬舎

死という最後の未来

石原慎太郎
曽野綾子

はじめに

石原慎太郎

　人間80歳を超すと誰でも紛れもなく迫ってくる「死」について予感したり考えたりします。物書きのように想像力に頼って生計を立てている人間ならば、一層我々にとってこの最後の「未知」、最後の「未来」である「死」について考えぬ訳にはいきません。この私も87の齢までかなり勝手気まま、かなり元気にやって来ましたが、7年前にある日突然軽い脳梗塞《のうこうそく》に見舞われ、今年1月には初期の膵臓癌が見つかりました。膵臓癌は最新の重粒子線治療で完治しましたが、脳梗塞の後遺症で本来悪筆の利き腕の左手がやや不自由になり、人生の限界を感じない訳にいかなくなりました。

　この現代がいかに長寿社会になったとはいえ、この私が１００を超える老人となってなお矍鑠《かくしゃく》として生き続けるとは思えぬし、１００歳を超した自分を想像したくもありません。この私の年頃の人間は誰しも不可避な「死」への予感と倒錯したある奇妙な期待のままに、這《は》うようにして生きているに違いありません。

そんな時、私とほぼ同世代の優れた作家である曽野綾子さんと同じ命題について語り合うことになりました。

ふたりとも同じ時代を生きてきて、彼女は3年前ご主人の三浦朱門さんを失い、私も老衰して病《やまい》がちの家内が入院続きで孤独を託《かこ》っていますが、同じように人生の侘《わび》しさを託つ者として、そして同じ作家としての老年の感慨を披瀝《ひれき》し合うのは互いに死を控えた者として、改めて得るものが多いのではないかという期待で、この対談を始めました。しかし曽野さんは想像を超えてお元気で、ひとつ年下の私のほうがいろいろインスパイアされたり刺激されたりすることの多い対談でした。

死は誰にとっても不可避な事柄ですが、それに背を向けたり、ことさら目を逸らしたりすることは逆に残された人生を惨めに押し込めることになりかねません。老いてこその生き甲《が》斐《い》を積極的に求め、自ら作り出すことこそが晩節を彩る術だと改めて思います。

死という最後の未来／目次

第二章 「死」をどう捉えるか

第三章　「老い」に希望はあるのか

第一章

他人の死と自分の死

病はある日、突然になるもの

石原　僕は今年の秋で88歳になりますが、年月が経《た》つのは本当に早いものですね。

曽野　私よりひとつ下でしたか。お互い年を重ねましたね。

石原　これまでずっと元気で来まして、多少、足腰が硬化してきたなとは感じていたのですが、まだ老いという実感はなかったんです。しかし7年前に脳梗塞をやってしまいましてね、以来、たどたどしい歩きになって体がままならない。気持ちの張りはあっても、体が追いついていかないから、そのチグハグさに毎日、苛立《いらだ》ってしまうんですよ。

70歳前に『老いてこそ人生』などという本を書きまして、読者から共感の声をたくさんいただいていたのに、いざ我が身がこうなってみると、何ともあれは僭越《せんえつ》だったとしか言いようがない。

曽野　脳梗塞というのは、ある日、突然になるんですか？　パチッと。

石原　そうです。ずっと自分は健康だと自慢していたのですが、医者に「一度、調べておきましょう」と言われましてね。検査したら、右の頸動脈にコレステロールが詰まっているとわかった。気をつけたほうがいいとアドバイスされていたのですが、気にせずにいたら、このコレステロールが何かのはずみで脳に飛んだんです。

曽野　私は低血圧で、総身《そうみ》に知恵が回っていない感じですが、おかげさまで、そこそこ元気で、昔と同じように動ける気がしています。庭で水まきをする時、古いゴムホースだといつのまにか劣化していてうっかり破れたりする。それと同じでしょう。そういう年代に入っていますからね。

石原　もうひとつは、やはりストレスの重なりのようです。当時、女房が心臓の手術をしたり、その後も腰の骨を折って入院したり、家を不在にしていることが多くなりましてね。男というものは、それだけで生活に乱れが出てくるというか。

曽野　そういう傾向は、あるでしょうね。

石原　それから僕自身のことでも、鬱々《うつうつ》と溜《た》まっていたものがありましてね。ずっと家に閉じ込もりがちだったんです。何かにつけ怒りっぽくなってしまって、風呂でひとり大声で怒鳴ってみたりとかね。

ある時、家に来た次男（石原良純《いしはらよしずみ》）から「大声出して、近所に迷惑だよ。寒いけど、少し散歩でもしてみたら？」と言われたんです。僕の様子を見て、よくないなと思ったんでしょうね。

　確かにそうだなと思って、厚着をして散歩に出てみた。そしたら歩き慣れた屋敷町なのに、道に迷ってしまったんですよ。

曽野　急にですか。もっともこの頃は、町の顔も、ある日〝ガラリ〟と変わるのよ。

石原　そう。あれ？　という感じでした。ここはどこだ？　と、ボーッと立ちつくしてしまって。知り合いが通りかかって、「どうかしましたか？」と声をかけられるほどでした。

　何とか家にたどり着いたんだけど、出る時に、靴ひもの蝶々《ちょうちょう》結びがなかなかできなかったことを思い出した。もう一回やってみたら、やっぱりできない。これはヘンだと思って、主治医に電話をしたんです。「とにかく、すぐ来なさい」と言われてね。即、都立広尾病院に入院となりました。

曽野　よいお医者様でよかったですね。早いご判断で、すばやい対処ができたわけでしょう、本当によかった。

石原　よかった。何とか左手の麻痺《まひ》で済みました。とはいえ僕は左利きだから、何かと大変ではあったんですが、トレーニングを重ねるうちに、前と同じぐらいの握力に戻りました。

しかし、いちばん大変だったのは、右の脳の「海馬」というね、記憶を司《つかさど》るいわば倉庫の近くで起こったんで、漢字も仮名もすっかり忘れてしまったことです。

曽野　え、そうなんですか。

石原　そう。あの時は唖然《あぜん》として頭が真っ白になりました。まったく途方に暮れましてね。特に「なにぬねの」の、「な」と「ぬ」「ね」がうまく区別できません。ただ、漢字は正しいかどうかということはわかって、イメージで記憶が残っている。そこはまだ救いだった。「海」は、さんずいに、毎日の毎だったなとかがわかったんです。だから、ワープロに助けられた。

曽野　入力変換ができますからね。

石原　つまり、僕は曽野さんに助けられたんです。もう40年近く前に曽野さんがワープロを導入したと聞いて、僕はさっそく見に行かせてもらったでしょう。

曽野 ご近所ですからね。あの時ふらっとお見えになって、大変興味を示されて。

石原 すぐ取り入れた。

曽野 よかったじゃないですか。文壇では三浦朱門と石原さんともうひと方、何が書いてあるのかわからないほど三悪筆で有名だったんだから（笑）。

石原 あとから自分で読んでも、読めないくらい。

曽野 でも、その悪筆がワープロのおかげで救われた（笑）。

石原 編集者は喜んだでしょうな。

書けなくなるなら、死んだほうがいい

曽野 ワープロを取り入れたのは、文壇では私が最初だったんですよ。私は小さい頃から強度の近眼でしたから、ものを見るのがつらかったんです。それで学生時代から英文

タイプライターは使っていた。ブラインドタッチできるくらい。ですからワープロの出現は、私にとって非常にありがたかったんですよ。あの頃、小説家がペンではなく機械で書くなんていうのは魂が入らない、小説が悪くなるとかさんざん言われましたけどね。

石原　そんなことはあるはずがない。書く人間は同じなんだから。本当に曽野さんには救われましたよ。発症直後ね、もう書けなくなるなら死んだほうがいい、とさえ実は思いつめたんです。

曽野　そうかもしれません。私にとっても書くということは、心が生きる道ですから。

石原　それでね、1カ月ほど入院していたのですが、このままじっとしていてはだめになると思って、病室にワープロを持ち込みました。そこで『隔絶』という短編を必死で書き上げたんです。伊豆諸島沖の鵜渡根島《うどねじま》の近くでダイビングしていた男が、銚子沖まで3日3晩、漂流したという実際にあった話を思い出した。潮の流れがすごいところなんだけど、その男は奇跡的に助かったんですよ。救助されるまで彼が何を感じていたのか。それを想像して書こうと思ったんです。

曽野　石原さんは海との縁が深いですからね。

石原　ええ、遭難しかけたことは何度もありますから、十分に書けたんです。あの作品はいい評価をもらいました。無理してでも、書いてよかったです。寝ているだけじゃだめになっていくぞ、という危機感に追い立てられた。

曽野　見事な気力ですね。

石原　とにかく頭と指を使わなければ、と思いましてね。あれを書き上げて、脳梗塞で倒れたって書けるじゃないかという自信が持てました。これはもう作家の〝業〟みたいなものですかね。そのあと田中角栄のことなど何冊か書き上げるわけだけど。

それに入院中、病院というものの観察ができて、なかなかできない経験をさせてもらいました。首都圏一の救急病院だから、ひっきりなしに手術が行われていましてね。医師たちの懸命な取り組みに心打たれましたし、もの書きとしては人の運命に関する、興味深い事象をたくさん見聞きすることができたわけです。

心と肉体のジレンマが本当につらい

曽野　作家は、転んでもただでは起きませんから。現場に走るカメラマンと一緒で使命感がありますからね。でも私が書けなくなったら、それはそれで、しめしめですけどね。

石原　しめしめ？

曽野　しめしめが好きなんですよ（笑）。もう十分に書いてきましたし、私は元来は怠け者で、できれば寝ていたい人間なんです。

石原　いやあ、僕はもしもあのまま書けなくなったら、生き甲斐を失って、本当に死んでいたな。

曽野　まだまだお書きになったらいい。書けたということは、何かの導きであったと思います。

石原　ただね、一度、脳梗塞を起こすと時限爆弾を抱えているようなもので、今も常に不安なんですよ。病が憎たらしいね。それにいろんなことに対する意欲だけは衰えないのに、肉体に勢いがないもんだから、このジレンマは本当につらい。僕の肉体に起こった、初めての衝撃でしたからね。

曽野　あなたはスポーツマンで肉体派というのか、身体性の高い、強い人だから、特にそう感じられるのかもしれない。夫の（三浦）朱門などは、家で本さえ読めれば幸せだという人だったから。

石原　僕は「静」と「動」でいえば、まちがいなく「動」。鮫《さめ》みたいに常に動いていたい人間なんですよ。僕自身にとっては、肉体こそが自我といえる。その肉体がこうやって凋落《ちょうらく》していくから、今まさに生と死の狭間で葛藤している感じがあるんです。曽野さんはどうですか。老いというものを感じたのは、いつ頃ですか？

曽野　私はね、昔と大差がないんですよ。むろん年はとっていますけど、もともとスポーツが嫌いで、歩くのも億劫《おっくう》なくらいで生きてきたから、石原さんのような人とは肉体に関する感覚がまったく違うんでしょうね。ただ、これまでに骨折は2回して、衰えたなと感じたことはあります。

高齢者に骨折はつきもの

石原　どこを骨折したんですか。

曽野　２回とも足首です。２回目は75歳の頃、階段から転げ落ちて、これは痛くて動けなかったですね。ご迷惑をおかけするなと思いながら、さすがに救急車を呼んでもらって。でも少しよくなってからは、松葉づえでどこにでも出かけました。

　駅ではエレベーターじゃなくて、エスカレーターにひょいと乗れました。うまいものよ。家事が好きなので、家の中ではいつものように動いて、庭では地面にぺたんとお尻を着けて草むしりをしたり。それが私なりのリハビリでしたね。

石原　たくましいね。骨折は僕も２回経験しています。２回目は45歳の時だったか、北マリアナ諸島に水中映像を撮りに行きましてね。大きい船の舳先《へさき》から足ヒレをつけたままで、テンダーボートに飛び降りようとして転落した。背中を強く打ってね、けれどさほど痛みもないし、まさか骨折しているとは思わなくて、たいしたことはないだろうと。

けっこう酒を飲んで寝たら、深夜に激痛に襲われましてね。結局、肋骨《ろっこつ》を3本折った。絶海の孤島だから救出されるまで3日かかって、痛みで、もしかすると死ぬかもしれないと怯《おび》えました。

あの時の恐れは僕の人生において、ある分岐点になったと思いますね。昔だったら、あのくらいで落ちたりはしない。つまり、これが老いというものの始まりかもしれないなと感じたんです。まあそうはいっても、それからも海には出続けましたけどね。

死の実体は、死ぬまでわからない

曽野　私は海なんて怖くて行けない。シェーグレン症候群という持病もありますしね。

石原　それは……あまり聞いたことのない病名ですね。

曽野　調べてもらったら膠原病《こうげんびょう》のひとつのようで、時々だるくなって、微熱が続く。でも、致命的なものではないの。治りません、薬もありません、でもすぐには死にませんという素晴らしい病気ですよ。お陰で横になれて、怠けられます。怠け病と呼んでるんですけど。

石原　だらだらと健康なんだな。それはいい。

曽野　怠けられる病気って、具合がいい。あったほうがいいですよ（笑）。でも私は旅にも出ますし、したいことはできるだけしていますね。

石原　昔、江藤淳《えとうじゅん》から僕の作品には、常に「死の影がある」と言われていた。こうして手足の自由がきかなくなってくると、確かに僕みたいに、肉体で生きてることを感じとってきた人間はね、いつか失われていくだろう力に対して、怯えみたいなものがあったのかもしれない。そんなことを考えるんです。

　今はもう、すぐそこにある〝死〟というもの、そのものを直《じか》に感じるようになった。毎日ね、絶えず自分の死を考えています。

曽野　困ります？

石原　えっ？

曽野　死んだら。何か困ります？

石原　いや、死ぬのはつまらんでしょう。死にたくはないですね。死というものが何だかわからないから、死んでも死にきれないんです。むろん、命に限りがあることはわかっている。しかし、死の実体というものはわからないでしょう。

曽野　知ったらどうなります？

石原　知れば、納得がいくでしょう。少なくとも、未知のものではなくなる。僕は無性に知りたいんだな。しかし誰も知らないし、教えてくれる人はいません。死んで帰ってきた人もいませんしね。

曽野　帰ってきたという人に、会ったことはまだありませんね。

老衰は死に向かっての「生育」

石原　ジャンケレヴィッチっていう、ソルボンヌ大学の倫理学担当教授が書いた『死』という本があって、いつも机の上に置いてあるんです。愛読書なんだけど、今のところこの本がいちばん死について詳しい。あらゆる角度から分析していて、面白いんです。「死は人間にとって最後の『未知』である、老衰は死に向かっての生育だ」という一節があって、僕はその示唆にいたく感激したんですよ。

ただ、現実に自分の体の自由がきかなくなって衰え始めたら、生育なんて暢気《のんき》なことを言っていられないと感じ始めた。老いの先には必ず死がある。だから正直、今、非常に混乱し、狼狽《ろうばい》しています。

曽野　私はね、抗《あらが》わないんです。わからないものは、わからないまま死ぬのが、人間的でいいだろうと思ってるから。

石原　そうですかね。僕は知りたい。政治の世界にいた時に、僕が唯一、尊敬していた賀屋《かや》興宣《おきのり》という政治家がいました。物事の矛盾をズバッとつく冷静さがあった人でね、敵も多かった。東条英機《とうじょうひでき》内閣で大蔵大臣を務めたために戦犯にされてしまって、戦後13年間も巣鴨刑務所に入れられていたのですが、その間も後輩の官僚たちは、財政立て直しのための助言を彼に仰ぎ続けていた。日本で初めて統制経済を遂行した人です。

僕はなぜだか彼に気に入られて、選挙区の後を継ぐように請われたこともあったんですけどね。引退されてから晩年に、ご自宅を訪ねていったことがあるんです。

　サンルームでひなたぼっこしながら「先生、この頃は何を考えていますか」と聞いたら、「私はね、死ぬことばかり考えている」と答えたんです。「なぜですか、怖いんですか」と返した。僕自身が若僧で、死なんていうものはまだ先にあったから、こういうことを口にしたんでしょうけどね。そしたら、こう言ったんですよ。

「怖くはない。誰に聞いてもよくわからないからね。けど、だんだんわかってきました。

……死ぬと、ひとりで暗い道をとぼとぼと歩いていくんです。そのうち自分の死を悼《いた》んでくれた家族とか友達も、皆、私のことなどすっかり忘れてしまう。やがて自分のことも忘れるんですよ」って。

　それで僕は「熱愛した奥さんには会えるんじゃないですか」と言ったんです。賀屋さんは学生の頃に千葉へ海水浴に行って、泊まっていた宿屋の娘に惚《ほ》れて、奥さんにした。彼のような大秀才には縁談が雨霰《あめあられ》のごとくあったんだけど、それを全部、断ってね。

曽野　ジーンときますね。

死ぬことは「虚無」なのか

石原　奥さんが亡くなった時も、一晩じゅう体をさすってあげて、翌日、棺に入れる時も体が温かかったっていうくらい。それでも「いや会えませんな。誰にも会えませんよ」って、にべもなく言うんですよ。その会話が僕には非常に印象的だった。

やはり、いろんなことを経験するとか、取得、獲得するとかは……意識があってこそ、できるわけでしょう。

曽野　意識がなくなるかどうかなんて、わからないじゃないですか。

石原　いや、死ねばなくなると思います。意識がなくなったら知覚できないわけだから、何も捉えることができないでしょう。

死についての僕のいちばん好きな言葉がありましてね。マルローの『王道』にペルカンという男が出てくるんですが、彼が毒矢を踏んでしまって死ぬ時に、先住民の女を呼びよせて、最後の甘美なセックスをするんだけど、その時に言う。「死。死などない。

ただこの俺だけが死んでいくのだ」と。その通りだと思うんだな。それ以下でも、以上でもない。それで僕はアフォリズムを作ったんだけど、死ぬことは「虚無」なんですよね。何もない。だけど「虚無は虚無として存在する」とね。それしか言いようがない。

曽野　でも、虚無かどうかもわからないじゃないですか。

石原　いや、カマイタチってあるでしょう。真空状態で起こる。よく古いお寺の地下なんかに出てきてね、子供が潜って遊んだりしていると、皮膚のどこかが切れてケガをしたりするんですよ。だから昔、そういうところに行って遊んじゃいけないと言われたんだけどね。虚無が形となった、カマイタチという真空です。

それが存在するということは、虚無も存在するということですからね。死んでしまったら、虚無でしかない。やっぱり、それしか言いようがないんですよ。

曽野　カマイタチというのは聞いたことはありますけど、詳しくは知りませんね。

死んだらすべてがなくなる

石原　僕はこの間、ライフワークである「法華経《ほけきょう》」の現代文訳をようやく仕上げたところなのですが、お釈迦《しゃか》様が言った「色即是空《しきそくぜくう》　空即是色《くうそくぜしき》」は時間と存在に関する究極といってもいいアフォリズムです。死んで時間が途絶えたら、すべてがなくなるんですよ。

今ね、賀屋さんとの会話をよく思い出すんです。彼のような教えをくれる人がいなくなって、寄る辺ないです。人生の先を示唆してくれる人が、誰かいないものかと。

曽野　私はね、石原さんのような秀才型ではないんです。ですからこの世でわからないことが別に悔しくないの。残念でもない。むしろ、いっぱい残していいと思っているんです。

石原　行ってみたら何もなかったっていうのも、つまらんでしょう。

曽野　つまらなかった、という笑い話の種にはなりますよ。それにつまらないかどうかも、わからないじゃないですか。

石原　いや、どう考えてもつまらんでしょう。むろんだからこそ、人生はかけがえのないものとして、あきらめてはいけないという気持ちは、増してきているんです。
　若い人で何をしたらよいかわからないと言って、無気力でいる人たちを見ていると、何を言ってるんだ、実にもったいないと思う。あれは宝石を磨かずに、捨てているようなものだね。僕は最後の最後まで絶対にあきらめたくない人間だから、今、非常にあがいている。

曽野　私には〝この屋根の下〟という信条があるんです。

石原　この屋根の下？

曽野　私はキリスト教徒ですから、その考え方から来ているのですが、自分の家に今晩も寝る。３年前に夫が逝って、今は古くからいるブラジル生まれのお手伝いさんと、猫2匹と暮らしている。私は、この屋根の下に一緒にいる者たちを守らなければならないんです。
　そして何かがあって、誰かが助けを求めてくるようなことがあったら、誰でも家に入れなさいとお手伝いさんに伝えてあります。狭いだろうけど、世界には平らな地に寝られない人たちもいる。それで、食べ物も必要だったら分けてね、と。
　もしかしたら、この人、泥棒かもとか、嫌だなと思うかもしれないけれど、それを前提でするべきだと思っている。この屋根の下に今晩いる人たちに、できるだけ手を貸す。愛とか義務とかそういうことではなくて、必要ならば助ける。これが私の信条でしょう。

石原　ずいぶんとキリスト教的な目線ですな。

曽野　ジャンヌ・ダルクじゃないんですよ（笑）。
　疲れた時、私の体をマッサージしてくれるおばさんがいるんですけどね。「よく働いてきた、肉体労働をしてきた体だね」と言ってくれるんですよ。それは私にとって、とてもうれしいことなの。

石原　小説を書く作業は、頭だけを使っているように見えるが、実際には肉体労働でもありますからね。

曽野　書く作業もですが、私はものを書きながら畑仕事をして、家事も好きで実によくやってきましたから。特に料理は好きで、野菜の煮炊きをずっとしてきた。高級なことを考えないんですよ。お腹《なか》が空《す》いたらご飯を作るとか、寒かったら火を焚《た》くとか、人にできることって、そういう些細なことだと思っているんです。
石原さんは常にポジティヴで、自分の道を大きく切り拓《ひら》いてこられた人。私はもっとささやかというか平凡で、どちらかといえば負け犬ふうなんです。基本、食べて飲んで、平らなところ、乾いたところで眠れればいい。

親しい仲間がばたばた死んでいくのは、つらい

石原　船の上は濡れるけどな。じゃあ、曽野さんは死ぬことが怖くない？

曽野　あまり怖いとは思わないですね。死んでいくことって、私はあまり嫌じゃないの。怖くたって、避けられないものですから。

石原　自分が死ぬ時のこととか、考えたことはないですか。

曽野　小学校へ上がる前から、毎日、考えてましたよ。でも私はね、わからないこと、自分では決められないことを追求する気がないんですよ。

石原　そうですか。僕は日々、切迫するくらい、死について考えざるをえなくなっていますね。やっぱり同年代の親しい仲間が、ばたばた死んでいきますしね。これはつらい。若かりし頃、ヨットで苦楽を共にしたクルーを上空から撮った懐かしい写真があるのだけど、それを眺めても、もう誰ひとりいないしね。レースで強敵だったふたりも、このところ相次いで逝ってしまって、骨を海に散らして見送りました。

曽野　そういう気持ちは私も同じですよ。何十年も会わないままで、亡くなってしまった人たちもいます。

石原　ある時代に雨後の筍《たけのこ》のように出た、同世代の作家もいなくなって、文壇もつまらなくなった。詩人や映画の世界の人たちとか、個性的な政治家や論客も皆、死んでしまいましたね。この間、久しぶりに谷川俊太郎《たにかわしゅんたろう》と会ってね。彼は僕のひとつ上なんですけど、会う前に詩集を送ってくれて、題名が『悼む詩』っていうんだ。いろんな人の追悼の詩があるんだけど、寺山修司《てらやましゅうじ》や武満徹《たけみつとおる》、岸田今日子《きしだきょうこ》や市川崑《いちかわこん》、和田夏十《わだなつと》……とかね。もう皆、いないんだなと思って。

曽野　私も、ささやかに時々会っては気楽にお喋《しゃべ》りしていた人たちが、どんどん減っていくなあと、しみじみ思いますね。私は会話が好きですし、家に招くことも好きなので、そういう人たちがいなくなっていくのは本当に困ります。特に夫とは、とことん何でも喋る関係でしたから。体裁のいいことなんてまったく話さない、ユーモラスでいちばんの会話の相手だったんです。

石原　同じですよ。僕も弟（石原裕次郎《ゆうじろう》）とはそういう感じで、何でも話せた。おい、裕さん、今どこで何してるんだって、今でも思いますね。

曽野　お若くして亡くなられた。

石原　52歳でしたからね。

人の死は、神の領域

石原　三浦さんが亡くなられて、やはり喪失感といったものはありますか。

曽野　唯一の話し相手がいなくなったという、そういう意味での喪失感はずっとありますね。亡くなってしばらくは、私を置いて家を出て行って、もうそのまんま帰ってこないという感じがあった。

石原　あとは頼むぞ、って逝ったわけだ。

曽野　口にはしませんでしたけど。あの人は、アハハハって言って、何もしない人だったから。「死んだら楽だぞ」って、笑っているような気がする。

　でもね、私はどこかで、あらゆることはなるようにしかならないと思っているんです。神様とか、何か偉大なものが采配しているというのか、死をも含めた秩序ね。

石原　秩序ですか。

曽野　それは神の領域であって、考えないようにしています。それが人間の分というか、分相応ということだと。私、わからないことは、わからない。分相応でいいと思っています。分相応という言葉が好きなんですよ。

石原　偉いですね。僕は執着が強くてだめだな。まったく多情多恨の人生というか、悔いもまだまだ山のようにある。

曽野　悔いはできるだけないほうがいいけど、ないのもおかしいんですよ。悔いのない人生って、陰影がなくて気持ちが悪いじゃないですか。

死を考えなかった日など一日もない

石原 じゃあ曽野さんが、最初に死というものを意識したのは、いつになりますか。

曽野 うんと幼い時です。10歳の頃には、毎日のように考えていました。

石原 毎日のように？ 10歳とは早いですね。

曽野 そうですか。死を考えなかった日など、一日たりともありません。

石原 それはどういうことですか。

曽野 それが性格というものでしょう。私の家は父母の仲が悪くて、毎日険悪だったんです。本当に毎日、毎日。火宅の家ですよ。それで母は二度、自殺未遂をしました。文学少女から文学老女になったような人で、もともと死を志向するタイプではあったんだと思います。

それで私が10歳のある時、母が私を道づれに死のうとしたんです。もともと動脈硬化による鬱病《うつびょう》があって、それも大きな要因だったと思うんですが、ともかく私が「死」というものを身をもって実感したのは、その時です。

そういう家にいましたから、私自身も自殺を考えたことが頻繁にありました。なので、「死」と共に生きてきたようなところがあります。世の中の子供たちの生活なんて、皆こういうものだろうと思い込んでいたので、同年代で「自殺」というものを考えたことのない人たちがいると知った時は、びっくりしたくらいです。

母はずいぶんと後年になってから父と離婚したのですが、それまでは、なかなかできなかった。やはり私の養育費のことなんかを考えて、踏み切れなかったのでしょうね。

石原　仕事を持ってはおられなかった。もっとも、まだ仕事を持つ女性は少なかった時代ですからね。

曽野　ええ、家庭の主婦でした。私なら、たったひとつのことを遂行すればよいと思うんですけどね。離婚がいちばんの望みなら、それをすればいいと考える人間ですから。

石原　いや、意外な話ですね。曽野さん、そんなふうには見えない。聖心女子学院という、お嬢さん学校出身の、恵まれた……。

曽野　ええ、明るい人間だと見られますね。作家デビューした頃、インタビューをされると、そういう上辺の印象ばかり捉えられて、嫌でした。そういう質問も多くてね、本当のことなんぞ話すまいと思ったものです。まあ実際にとりたてて誰かにお話しすることでもありませんし、そんなものだったというだけ。

　ただね、今おっしゃったように、私は幼稚園からキリスト教系の学校に入りましたから、家だけではなく、その環境においても「死」というものとは常に共にあったかと思いますね。

石原　それはどういう意味ですか。

曽野　新約聖書に「主の祈り」というものがあって、毎日、祈るわけです。死ぬ時に「助けてください」と祈る。マタイによる福音書6章にあるんです。

石原　生き返らせてくださいという？

曽野　いえ、死ぬ時に「魂を助けてください」と祈るんです。現在も、臨終の時も、祈り給《たま》え、と。「天におられる私たちの父よ、御名《みな》が崇《あが》められますように。御国《みくに》が来ますように。御心《みこころ》が行われますように、天におけるように地の上にも」という一節があるんです。

誰もが「死」について学んだほうがいい

石原　毎日「死」を考えるとは、僕にしてみればつまらない信仰ですね。

曽野　そう？

石原　生徒たちは、それをどう受け止めるわけですか。

曽野　他の生徒たちはわかりませんが、私は「それで納得した」んです。人によると思いますけどね。死を意識すると、生涯は限りあるものだとわかってくる。そうすると、人生の一瞬一瞬を満たしていこうと思える……。それも、そう悪くはないですよ。

石原　何でそういう学校に入ったのですか？

曽野　幼稚園というものは父母に入れられるものなんです。母は、子供が少しでも苦しまない道があるといいと思ったんでしょう。信仰を持つ人たちに育ててもらいたいと考えたのでしょうね。

石原　そういう学びを得たら、のちに苦しむことはなくなったんですか。

曽野　いえ、そんな簡単なものではないでしょう。私は17歳で洗礼を受けましたが、33歳から17年間、堀田《ほった》雄康《ゆうこう》さんという、パウロ神学の大家《たいか》である神父様のもとで学びました。学校は卒業したものの、しっかり理解したいと考えたからです。

私はね、以前から、宗教ということではなく、皆、子供の頃から「死」について学ぶ必要があると思っている。「死学」とでもいいますか。

石原　死学？

曽野　「死」は、誰にでも必ずやってきます。死なない人はいないですから（笑）。

時に死は、子供さえも襲うんです。人はいつまでも生きられないということ、いつか自分も死ぬということ、家族も死ぬということを心得て生きることを教えなければならないと思う。そして他人と自分を殺さないということ。これらを子供たちによく話して聞かせないとだめですね。

石原　それは学校教育でということですか。

曽野　親が教えるのでもいいんですけど、教えられる親も少ないでしょう。運命によって「死」を教わることもありますけどね。

以前から、私は死は、義務教育の過程で学ぶべきこと、学校の先生が教えるべきこととして発言しています。でも教育界は、なかなかその発想を持たないですね。

石原　教育界では難しいでしょうな。

曽野　難しくても、教えようという先生がいてくだされればいい。文科省がどうということではなく、それが教育であり、哲学というものでしょう。高校でも大学でもいいし、嫌がる人や聞きたくない人は、無理に講義をとらなくてもいいし。私はあっていいと思いますけどね。どう思われますか。

石原　なるほど、「死学」ね。

曽野　死はヘンなことでも不幸なことでもないですし、知れば面白いし、糧になります。たとえばですけれど、ヨーロッパのキリスト教の寺院は、いわば大きな墓場でもあるんです。実際に地下や壁には音楽家や文学者や……いろいろな人が眠っている。そこで結婚式や赤ん坊の洗礼式も行われる。でも日本では、死にまつわる行事と祝いの行事を、同じ場所で行うことはないですよね。縁起でもないと言われてしまう。でも、この考え方が日本人から死を学ぶ機会を奪ってきたように私は思うんです。死を遠ざけてしまって、あたかも訪れないものとして扱ってきた。

石原　まあ確かに、人の死は忌み嫌うものとしてありましたね。今でもそうかもしれない。それをどういうふうに学ぶということですか。

曽野　私の中に、人は常に最後の日を考えて生きねばならないという思いがあるんです。

死という逃れられないものがあって、でもその時が来るまで、与えられている生涯をどれほど自分の自由に使えるかということ、人には生きて、果たさねばならない義務があるということ、そういったことを、小さいうちから教えていくということですね。決して内向きな教えではありません。

石原　そういう明るい希望の方向へと導いたり、教えたりできるかどうかですね。非常に難しい気がするがね。

曽野　難しくはないと思います。私にしてみれば、死んだら終わりと思っている人は、ある意味、怖い。お金が欲しいから泥棒をするとか、癪《しゃく》に障《さわ》るから人殺しをするとか、放火するとか。自分の欲望のまま実行してしまうということが、私にはよくわからない。死について学べば、少なくとも、こういう考えには及ばないんですよ。

子供の頃に味わった、母の死の恐怖

石原　僕の家では、父親が毎朝、熱心に仏壇に手を合わせて念仏を唱えていました。どこかの宗教に属しているわけではなかったんですが、その姿を見て育ってきて、ご先祖様という存在があって、よくわからないが神仏という存在が何となくあるんだな、と感じていた気はしますね。

曽野　そうすると、石原さんが初めて「死」というものを感じたのは、いつ頃ですか？

石原　考えてみれば、僕も小学生の頃でした。突然、おふくろが真夜中に高熱を出して、発作を起こしたことがあったんです。痙攣《けいれん》して、布団が跳ね上がったくらい。仰天してね、弟とふたりで押さえたりして、僕は医者を呼びに出た。戦争中だから灯火管制で、暗闇の中を必死で走って、いちばん近い医院に行ったんですよ。だけど夜中だし、ドンドン戸を叩《たた》いたって、起きてくれるようなもんじゃない。

すごすご戻る途中で、おふくろはもう死んじゃってるんじゃないかって、あれは怖かった。あたりは静まりかえって、星月夜で、天空はきらめいてる。何ともいえない気持ちでした。帰ったら幸いにも発作は治まっていて、本当にほっとした。あとで腎盂炎《じんうえん》だったってわかったんですけど。

曽野　腎盂炎は高熱が出ますからね。子供だったら余計に怖いわ。

一夜にしてすべて失うこともある

石原　そのあとの死の恐怖といったら、やっぱり戦争ですよ。それは曽野さんもまったく同じでしょう。

曽野　ええ、まさに死ぬことを覚悟しました。終戦は13歳の時でしたが、それまで毎晩毎晩、ひどい空襲にさらされて、直撃したら死ぬんですからね。焼夷弾《しょういだん》が家の庭にも落ちました。若い人は戦争にとられているから、どこの家も残っている爺《じい》さん婆《ばあ》さんと子供たちとで、必死に消火するんです。水より濡れた布とか、むしろとかのほうが消えるとわかって、火傷《やけど》覚悟で消し止める。小学校近くに小さなパン屋さんがあったのだけど、直撃を受けてしまって、そこの家族9人が全員亡くなりました。

　毎日、毎日、どうか明日まで生きていますように、と。生きられる保証のある時間を生きたいと、痛切に願いました。

石原　僕も間一髪の体験をした。僕らは勤労動員されていなかったから学校に行けていたんですが、帰りに警戒警報が、急に空襲警報に変わった。その途端にね、麦畑の道を歩いていたら背後の空から、いきなり艦載機《かんさいき》が爆音を立てて近づいてきたんですよ。咄嗟《とっさ》に級友たちと麦畑の畝《うね》に飛び込んだ。あれは恐ろしかったですよ。

　我々を見つけるのが遅かったのか、敵機は前方の芋畑に銃弾をばらまいていきました。急上昇していく敵機の胴体に漫画のような絵が描かれていたのを、今でもハッキリ覚えていますね。そのあとに飛んできた一機に、日の丸が描かれているのを見た時は、胸を撫《な》で下ろした。何とも誇らしく感じたな。

曽野　爆撃音って、凄《すさ》まじいんですよね。

石原　あの頃、九十九里浜に上陸せんとするアメリカ海軍が地ならしするために艦砲射撃した、そのおどろおどろしい海鳴りのような音が、住んでいた逗子《ずし》にまで聞こえてきましてね、あれも拭えない記憶ですよ。

うちは高台にあって、夜に東京や横浜や平塚が爆撃されて、赤く燃えている光景も目にしました。今までになく真っ赤に燃え上がっていた夜に、Ｂ29が飛来して10万人もの都民が亡くなったと、翌朝に聞きました。

曽野　私も、３月10日の東京大空襲の光景は見ました。あの様子を見て、人間がこの世で手に入れたものは、すべて一夜にして失うこともある、そんな運命を背負っていると考えるようになりました。

石原　その後、終戦してすべてが一変してしまった。信じていたことがガラッと変わったわけです。空《むな》しく、悔しかったな。

曽野　私はあの夏、８月15日には金沢に疎開していました。

石原　疎開していたんですか。

曽野　ええ。８月15日のことはよく覚えています。母に頼まれて豆腐を買いに行こうとしていた。あの頃は、大豆が配給になっていて、２００グラムぐらい持っていくと、お豆腐一丁に換えてくれるんです。そしたら重大放送があるとかで、ラジオが始まった。電波がひどいし、子供だから何を言っているのかわからない。母に「何を言ったの？」と聞いたら、「戦争が終わった」って。それでね、私はわざとイギリス製のプリントでできた、きれいなブラウスを着て、豆腐屋さんに行きました。それ以前にね、きれいなブラウスだから一度ちょっと着たくて、着て出たら、近所のおばさんに怒られたのね。「そんな派手なもの着るな」って。

　もう敗戦したからいいだろうと思って、仕舞い込んでたのを出して着て行った。バカな意地ですね。

石原　それ面白いですね。

曽野　それくらいしか、抵抗の精神を見せる方法がなかったの。悲しいけど、おかしいわね。

石原　「今は非常時、節約時代、パーマネントはやめましょう」って看板が立てかけてあったな。

曽野　愛国婦人会というものがあって、「長いお袖の着物はやめましょう、筒袖にしましょう」という紙を渡されたりね。

石原　逗子に友達がいて、土地持ちで貸しボート屋のせがれだったんだけど、貸してる家に、若い夫婦が住んでいましてね。僕らはよくその家に遊びに行っていたんです。僕らに、駄菓子や当時は珍しかった金平糖を出してくれて、卓袱《ちゃぶ》台《だい》で食べた思い出がある。優しいおじさんで、奥さんはきれいな人だった。

　子供心にもふたりが初々しく感じられたっていうか、「おじさんたちは新婚なんだろう」と言ったら、頭をぽんぽんと叩かれて、軽く押さえつけられてね。彼女と笑い合ったりしてた。

曽野　何ともいい光景ですね。

石原　もうじき戦争に行くと聞いた時にね、おじさんは僕らをひとりひとり抱きしめてくれて、「元気で、大きくなれよ」って言ってくれたんです。僕は何だかこれが最後の別れのような気がした。それから半年も経たないうちでしたよ。僕は通学班の班長をしていたために、学校の子供を代表して、戦死者の慰霊式に立ち寄るよう命じられた。行った先が、その家でした。あの奥さんが黒い着物を着て、白木の箱をひっそり抱えていましてね。何だか急に年をとって、表情が抜け落ちたように見えたな。

大人の真似《まね》をして焼香しながら、起こるべきことが起きてしまったというような、ヘンな気分でした。友達から「石原、あの箱の中、何も入ってねえんだぞ」と言われて、「遺品か」と聞いたら、「船が沈んで、そんなもんあるわけないだろう。木の札に誰々の英霊と名前だけが書いてあるんだ」と聞いて、何とも嫌な気分が残ったね。

町の川べりに2階建ての遺骨引き渡しをする建物もあって、あの時期は死というものが常にそこいらじゅうにあった。

曽野　そうです。死に覆われていた。

石原　あとから、その建物はアメリカ兵相手の売春宿になってしまってね。子供心に屈辱を感じたな。

それから先、僕が死というものに直接関わったのは、父の死ですね。高校生の時に脳《のう》溢血《いっけつ》で逝ったんです。

親を失おうとしている人間の孤独

曽野　高校生の時でしたか。

石原　かなりの高血圧で状態がよくない時もあったから、いつ死んでしまうのかっていう恐れみたいなものが絶えずあったんですけどね。あの頃、降圧剤なんていうのはないから、対処法というと瀉血《しゃけつ》しかないんですよ。抜いた血を母親が白い洗面器に入れて、便所に捨てに行くの。

曽野　ぶるぶるしていたでしょう？　血って固まるんですよ。私も瀉血師のところに行っていたことがあるんです。

石原　確かにゆらゆらしていた。見ると、ぞっとしましたね。あれはやっぱり何か死を予感する、ひとつの鮮烈な印象だったと思います。それで、ついに倒れてね。その日の朝、仏壇の前でいつも読経している父の声が、えらくもつれているなとは思ったんです。父は汽船会社の社員で転勤族でした。小樽《おたる》から湘南の逗子に越したのは、僕が11歳の時だったんですけどね。その頃の父は、重要な仕事に就いていて激務だったんですよ。

学校帰りに知らせが来て、大慌てで上りの横須賀線に飛び乗りましてね、空いていたボックス席に座って、父を真似て諳《そら》んじていたお経をひたすらぶつぶつ唱えました。周りの乗客は気味悪そうに見て近寄ってこなかったけど、気になどしていられない。ただただ神様に「助けてください」と祈ったな。

曽野　祈られた。

石原　ええ、両手を握りしめながらね。あの時、肉親を失おうとしている人間の孤独というか、そんなものを初めて知った気がしますね。行ってみたら、親父は取引先の会社の会議室のようなところに寝かされてた。会議中に倒れたんです。着いた時には、もう息がなかった。

僕は冷たくなった頬を触ったんです。そしたら髯《ひげ》が伸びていたんだね。今日一日で伸びただろう、濃い髯が。それを、すごく生々しく感じたことを妙に覚えていますね。

子供の存在は死の恐怖を払拭するか

曽野　おいくつでしたか。

石原　早かったです。裕次郎が逝った時とほぼ同じ、51歳。けれど、あの時になぜか突然、これで父との繋《つな》がりが終わるわけではない、ということを感じました。互いが互いに「在る」ということの意味というか、目に見えないものを感じましたね。それには理由はないし、ひとことでは言えない。

ただあの感情をね、結婚して最初の子が生まれた時に思い出したんです。血族というものが、ずっと繋がっていく。連鎖していく。あれは自分が死んで肉体という形がなくなっても、子供たちがいるからという安堵《あんど》でしょうね。それはやっぱり死の恐怖を払拭してくれる、人間の存在というものを支えてくれる、ひとつの希望でもあるんじゃないかと思うわけです。

曽野　そうなんですね。

石原　面白いものだなと思ったのは、咳払《せきばら》いなんです。安倍《あべ》晋太郎《しんたろう》の葬式で、芝の増上寺に行った時、自民党員の中に長男（石原伸晃《のぶてる》）の姿を探したんですが、黒一色でわからない。その時、彼がたまたま咳をしたことで、あっ、あそこにいると、すぐわかった。なぜかというと、僕の父親の咳払いとそっくりだったからです。

曽野　ああ、咳で。声とか、歩き方とか、髪をかき上げる仕草なんかは、よく似ますね。

石原　親父が生きていた頃、父は朝、よく咳払いをしながら布団の中にいる僕を起こしに来た。「僕の慎ちゃん、慎ちゃん、起きろ」ってね。あの時の咳払いが聞こえて、こうも似るものかと思って。

曽野　かわいがられていたのですね。

石原　非常に子煩悩でしたね。僕らが成長してきてヘアが生えだしてもね、風呂に入ると父親が子供の体を洗ってくれるんですよ。照れくさいからこっちは嫌がるんだけど、おかまいなしでね。そういう人でした。弟が何かにそのことを書いたら、読んだ水野《みずの》成夫《しげお》さんが感動してくれて、「俺は君たちの親代わりになってやる」と向こうから言い出して、ずいぶん、いろんな世話になりました。

曽野さんは、息子さんが生まれた時、そういうことは感じなかったですか。繋がれていく感覚というのか。

曽野　たぶん女親の場合は、もっと動物的というのか、生まれてすぐからおっぱい、おむつ交換とかに終始するから、男親とは感じるものが違うのでしょうね。そこには論理的にならないよさがある。

私や石原さんの書くという仕事は、まったく非論理でしょう。そういうことを常にやっているわけだけど、子供を産んで育てるということは、まったく動物的で素朴なことなんです。あの時間はよかったと思いますよ。

石原　ああ、それは何となくわかりますね。でも自分の肉体的、精神的なＤＮＡを繋いでいく存在が生まれたことでの、安堵感もあったでしょう？

曽野　私はね、そこはあまり思わないんです。私の父方は下町、京橋八丁目で、名家でも何でもないのですけど、あまり悪いこともせず、詐欺もせず、女たらしのひどいこともせず、まあほどほどに生きてきた。そういうほどほどさは自分も似ていて繋がっていると思うのですけど、必ずしも繋がらなくてもいいと思っていますね、私は。

子供がいないということにも意味がある。血縁があるとか、ないとかではなくて生きている時間が濃密であるのかどうかだと思うんですよ。誰にせよ。

石原　人生全体が？

曽野　そうです。その人の生きてきたという時間が。

石原　それは、そうです。濃いに越したことはない。僕は、濃密でこそ人生だと思って生きてきたから。

曽野　それが30年で死ぬ人と、50年、80年で死ぬ人と違いますけれどね。でもその濃密さは、人によって計りしれない。あの人より私のほうがよく生きた、なんていうこともありませんしね。

父の死で変わった、子供の未来

石原　まあいずれにしても、繋がれていくという安堵感はあるにせよ、結局、死ねば自分の意識が消えて無になるわけだから、空しいことには変わりないですけどね。結局、虚無ですよ、虚無。

曽野　お父様が早くに亡くなられたことで、そのあとは？

石原　そうですね、親父が若くして死んだことは、僕と裕次郎のその後の人生を大きく変えた、ふたりの人生を作ったと思います。あれから兄弟で強力なタッグを組んで生きてきた。貧乏も経験したし。あの時、親父が死んでいなければ、それからのふたりの人生はまったく違っていたかもしれないと思うんですよ。

曽野　私は運命というものがあると思っていますが、その時点でおふたりの道が変わったことが示されたのね。

石原　うまく説明ができませんけど、そんな気がするんです。僕は作家になり、弟は俳優になった。そういうふたりのその後を、ずっと見守ってくれていたように感じる。意識の繋がりといっていいのかわかりませんが、僕らのいろんな成功なんかも親父が助けてくれた気がするな。

曽野　裕次郎さんも本当にお若くして逝かれた。

石原　弟の死は、それはもう壮絶でした。解離性大動脈瘤《かいりせいだいどうみゃくりゅう》という厄介な病気に見舞われたんです。ヨットレースに行っていた小笠原から東京の病院に救急搬送されて、9時間もの手術をしました。生還して奇跡といわれたけれど、次の検査で肝臓がんが発見されてね、それからが大変でした。

　有名人だったし、病院の医師たちは次々に手を尽くして厚く看護してくれたのだろうけど、本人は意識が混濁しつつも、ひどく苦しがっているのがわかる。管に繋がれて、苦しみ抜いた。「泥に埋まって、沈んでいくようだ」と言っていて、むしろ残酷だと思いましたね。早く死んで楽になれよ、と言いたかった。

人間には死ぬべき時がある

曽野　そう思うのが愛情ですよ。私は、人にはたぶん死ぬべき時があると思っているんです。当人ではなくて、周りの人間でもなくて、神様が司《つかさど》っていることというか。だからそれに従うほうがいいと思っています。病人が水を飲みたいと言えば飲ませてあげる、食べたいものがあれば用意してあげる、その人が望む状態を叶《かな》えてあげる、そういう自然の範囲でいいと思うんです。

石原　本当に、苦しみ抜いて死にましたからね。僕は父の死に目に会えなかったから、弟の死に目だけは立ち会いたいと思って、ずっとそばにいた。その瞬間を見届けなければいけないと思ったんです。この世で、かけがえのない繋がりの存在でしたからね。

　最期には顔がくっつくくらいの距離にいました。彼は2回、心臓が止まったんですけど、そのたびに息を吹き返した。

　完全に死が訪れてから……下ろしていた窓のブラインドをするすると開けました。陽《ひ》ざしが眩しくてね。彼が夜でなく、明るい日中に逝った気持ちがわかるような気がしました。ああ、夏風に乗って逝ったなと。空を仰いだら、大きな虹がかかってたことを覚えています。美しかったな。

曽野　私も夫が入院して、亡くなるまでの最後の9日間はずっと泊まり込んでいました。

石原　その気持ち、よくわかります。裕次郎が最期を迎えようとしていた時は夏が間近でしてね、病院近くの神宮のプールに若者たちが溢《あふ》れているのが見えるんです。僕らふたりにとって、夏はとりわけ関わりの深い季節だったのに、遠い世界だな……と感じた。そんなことを感じたのは初めてでした。

　その若者たちを眺めながら、彼らは死なんて感じたこともないだろう、明るい未来だけがあるだろう、と。けれど、それを妬ましいとか不条理とか思わなかった。ただ、弟だけが死んでいくのだなと。何とも不思議な時間でした。

曽野　ええ。私もそれは同じでした。人は日常の中で、ただ死んでいくという感覚です。

　こういうことを言うと、そそっかしい人からはすぐに冷たい人だなどと捉えられて、いささか困るのですが、そういうことではない。

石原　そう、普段の生活の中にある。他者とは関係のないところで、ひとりで逝く。

曽野　ええ、生まれるのも死ぬのも、ひとりです。

石原　それだけは永遠の公理ですね。

死を身近に感じた時

曽野　石原さん自身が、自分の身において、これまで死を感じたということはなかったんですか。

石原　いやいや、これはもう、いくつもあります。そういう激しい人生ですからね。30代半ばでベトナム戦争の最前線に、アメリカの海兵隊と一緒に取材に行った時も、恐ろしい経験をしました。この時の体験が、のちに僕の人生を変えることになったんですけどね。

当時、僕はけっこうな流行作家になっていて、柴田《しばた》錬三郎《れんざぶろう》に並ぶ忙しさだったんですけど、読売新聞社から戦地の取材依頼が来たんです。そうはいってもクリスマスで休暇中、一時的に休戦状態だった時でね、もともと新聞社としては、この時期だから大丈夫だということだったんだろうけど、僕はこういう性格でしょう。

曽野　好奇心と行動力の塊でいらしたから。

石原　その通りで、滅多にない機会だから、この目でしっかり見たい。依頼を無視して、最前線よりももっと先の敵地に、海兵隊と入ったんです。アンブッシュという待ち伏せ作戦ですね。雨の夜に行われて、恐ろしい目に遭いました。その緊迫感たるや、ものすごいものでね。出発前に、海兵隊の人間から「おまえはライフルか、拳銃か」と聞かれて、「いや、俺は日本人で中立だから」と答えたら、「ばか言え、持っていけ！」と怒鳴られてね。「あいつらは音もなく忍び寄ってきて、ピアノ線なんかで首絞めて殺したりするぞ」って。

　しかし僕もカメラマンも頑《かたく》なだから、拒否した。実際に行ってみたらそんなもんじゃない。万年筆を持っていたから、いざとなったらキャップをはずして戦おうと思った。今考えれば滑稽だけど、その時は本気で思ったんですよ。

曽野　男がね、武器を持って歩かないというのは、海外の国々ではむしろ異常なことなんですよ。戦時下じゃなくてもね。南米でも「おまえ、ウェポン持ってるか」と聞かれたことがあって、最初、何？　と聞き返してしまいました。大学の英文科を出てから聞いたことのない単語だったから。ナイフは子供でも誰でも持っていて、山に入る時に蔓《つる》を払ったりするためにも必要なんでしょう。

　途上国なんかは民族間で何があるかわからないし、僻地《へきち》では盗賊にも遭う。常に危険があるから絶対に要るわけで、武器を持って歩かない男は男じゃないんです。私はあちこちの国に行っているから、そういうものだとわかっていて、自分の中では定着していますね。

石原　日本人は危機感がなく、ピースと言えば済むと思っているから。

曽野　少し話がそれますが、日本人が写真を撮られるたびにピースをするのも、気持ちが悪いですね（笑）。

石原　それでね、命について真剣に考えざるをえなくなったというのは、現地での恐怖もさることながら、そこで肝炎にかかってしまったことなんです。

曽野　ウイルスに感染したということ？

石原　日本に帰ってきてから、発症したんですけどね。潜伏期間はベトナムにいたから、ひどい有りさまでした。下痢もひどくてね。

　ホテルで１週間ほど寝ていたんですが、部屋に盗人かなにかわからないけど、すうっと入ってきて、二重ロックしてあった鞄《かばん》をいとも簡単に開けて３分の１ぐらいのものを盗《と》っていくんです。全部は盗らないんだ。金も盗られて日本大使館に行って、大使に借りて日本に戻ったんです。

曽野　そんなものですよ。外国では一晩中、部屋に灯《あかり》をつけておくの。すると宿泊客が起きている、と思って、泥棒に入られないんですよ。それにしても大変でしたね。

石原　肝炎は戦争につきものらしいですね。神経が消耗して、疲れ果てて発症する。しかし僕の場合はあまりの書き物の多さで、心身が疲弊していたこともあったでしょうね。

曽野　どういう症状だったんですか。

石原　だるいなと思いながら、好きな酒を飲んだりしていたら突然に高熱が出て、吐きましてね。入院して血清検査したら、基準値が40以内というのに１０００を超えていて。

医者に今、しっかり療養しないと命とりになりかねないと言われて、目の前が真っ暗になりました。

１カ月ほど入院して、何とか退院できたのですけど、この時ほど死を自分自身のこととして考えたことはなかったですね。今、老いて身近にある死とは、全然違う。まだまだ人生は長いと思っている途上で、突然起きた出来事でしたからね。体が強いと過信もしていた。

曽野　私も日本に帰ってから、肝炎を発症したことがありますが、初めは風邪だと思うのね。

石原　それで入院中に、ウイルスに関する専門書を猛烈に読みました。自分を襲った病を研究して何とか克服したいと思いましてね、素人の域ではないくらい見識を得ました。

曽野　学究肌でもいらっしゃる。

石原　未知なることに対して、何とか実体を知りたい、知っておきたい、そういう思いが人一倍強い性格なんじゃないですかね（笑）。しかし読んだ本の中に『ウイルスの狩人』という著があって、肝炎ウイルスの本体はいまだに突き止められていないと書いてあった。暗澹《あんたん》たる気持ちになったものです。今はだいぶ究明されているのかもしれませんけどね。

三島由紀夫からの手紙

曽野　それにしても何本も連載を抱えていたら入院中も書かざるをえなかったでしょう。

石原　ええ、ベッドでずっと書いていました。しかしね、この時に思ったんですよ。我が身を省みると、何本も抱えていた週刊誌の連載小説なんぞは、金儲《かねもう》けで書いているようなもので、芸術性があるとはいえない。そういうものに命がけで身を削っている、磨《す》り減らしている自分は何をしているのか、情けないなと。生き方を変えたほうがいいと考え始めました。

　そんな時に、三島由紀夫さんから見舞いの手紙をもらったんです。彼も肝炎を患ったことがあると書いてありました。

曽野　三島さんも。そうでしたか。

石原　「気落ちしているだろうが、これを人生に起こった大切な出来事、機会として捉えたらどうか。達観し、自分のこと、世の中のあらゆることをじっくり眺めたらいい」というようなことが書かれていました。この手紙が僕の人生を変えたんです。

　病床で、ついこの間、見てきたベトナムの地、激戦について考え、日本の先行きを考えているうちに、沸々と熱く湧き上がってくるものがありましてね、政治に参加しようと決意しました。

曽野　そういう思いがけないことが起こる。

石原　我ながら驚きましたけどね。体のことがあるから、自分のかかりつけの医者に「来年の参議院選に出ようと思います」と秘《ひ》密裡《みつり》に打ち明けましたら、「気狂い沙汰だ」と一喝されましたがね。でも、出ました。決めたら、がむしゃらにやる。

曽野　決心したら、揺るぎようがない方（笑）。

石原　死にかけた話でいえば、もうひとつ大きなことがあります。僕ばかり話していますけど、いいですか。

曽野　どうぞ。昔から存じている方とはいえ、ほとんど知らないことだらけですから、非常に面白いですよ。

人の死でわかる、人間の業

石原　やはりヨット乗りでしたからね、遭難しかけたことは話したいんです。海外の海を含め、これで死ぬと思った経験は何度もありましてね。特に「初島レース」の時は凄まじかった。１９６２年だったな。葉山から初島を回って横浜までのレース中に、相模湾で突然、寒冷前線がやってきて、突風で波が荒れ狂った。いわゆる〝神立《かんだち》〟なんですが、波が大きくぶつかり合って、化け物みたいな三角波が荒れ狂うんです。到底まともには走れない。これはリタイアだと決めて、油壺《あぶらつぼ》に逃げ込みました。

しかし早稲田や慶應のチームは、リタイアせずに突っ込んで行った。遭難して、11人もの未曽有の犠牲者が出たんです。

曽野　石原さんたちは一瞬の判断力、決断力に助けられたのでしょう。私も何度も途上国に出かけていますから、自分の身を守る、そういう本能的なものと動作は身についています。もっとも石原さんのような、肉体のすべてを駆使して、という事態とは違うのでしょうけどね。

石原　ヨットをやっていると、海が荒れて落水者が出ることがあるんです。ロールコールといって、海上保安庁から安否を尋ねる無線コールが各艇に入る。今でも覚えているのは、別の船で落水した人がいましてね、海上保安庁の人がその人の職業を聞いてきた。

同船者だった人が「職業はスタイリストです」と言ったら、向こうはそういう職業があるなんてわからない。だから「雀《すずめ》のス、田んぼのタ、犬のイ、リンゴのリ、雀のス、トンボのトです」と声を張り上げて答えている。それを聞いて、こちらのクルーが「あ、あいつだ」と叫んだりしてね。それは友達だと言う。「もう、この時化《しけ》じゃ助からねえな。水温も低いしな」って。

曽野　そういう伝え方はドライでいいじゃありませんか。

石原　しかし人間ってね、何ともバカだなと思うのは、ああいう場所で人が死んだと聞くと、こちらはヘンに生き生きとするんですよ。皆、ヘンに元気になる。俺はまだ生きているぞっていう、異様な高揚感が生まれるんですよ。何とも皮肉というか、これを人間の業といったらいいのか。むろん、葬式に出るのはうれしくないけれど。

失明寸前となって救われた

石原　あなたの言う途上国というのはアフリカですか？　障害者と何年も聖地を巡ってきた話は、耳にしたことがあるけれど。

曽野　アフリカが主ですね。もう30回くらい行きました。ただ私の場合は、その前に目のことがあったんです。

石原　目のこと？　曽野さんの目ですか。

曽野　そうです。私は小さい頃から強度の近視でしてね、０・０２以下でほとんど何も見えない。それで鬱っぽい状態もあったんです。それがますます見えなくなって、50歳少し前にほとんど視力がなくなった。このまま私は失明して、全盲になると思いました。

石原　失明!?　それは知らなかった。じゃあ、20代で初めて会った頃も、ぼんやりしていたということですか。

曽野　もったいなかったわね。石原さんのような美男に会っておきながら、それも見えないんだから（笑）。

石原　僕の顔もよくわからなかったのか。

曽野　まともに人の顔というものを見たことがないんです。ですから私に接客業はまかせてもらえないと思っていました。中心性網膜炎という病名です。完全に見えなくなる前に、この景色を覚えておこう、この花の、きれいな黄色を覚えておこう……そんな気持ちでいました。

石原　どういうことでなる病気なんですか。

曽野　精神的圧迫なんですね。手形の落ちない社長がなる病気と聞きましたよ。それにはうれしくなっちゃってね。皆に「偉いもんでしょう。手形の落ちない社長がなる病気になった」って言いふらしました。

石原　何で精神的圧迫？　何かあったんですか。

曽野　何がと聞かれても、これがというのはわからないですね。

石原　もの書きとして行き詰まったということですか。

曽野　それもないですけど。私は、子供の頃から険悪だった親のことがありましたでしょう。精神的にゆがんだ子供でしたし、ある事情で閉所恐怖症であったり、結婚後も両方の親を抱えていたりして、それなりの大変さもありましたから。たぶん、いろいろなことが重なり合ったんでしょう。

石原　多重的に。

曽野　どんな人にも、他人《ひと》には見えないことが、いろいろありますでしょう。それで40代になって新約聖書を学んでいたんですが、さらに悪くなって、文字も見えなくなっていったんですね。今申請したら、障害者手帳がとれたかもしれません。

それで、いよいよ水晶体が曇ってきて、手術をすることになったんです。これは本当にまったく偶然だったのですが、その手術で、裸眼でハッキリ遠くも近くも見えるようになった。ぐるぐる巻いてある包帯を3時間後に取っていいということでしたけど、私、その少し前にちょっとズルしましてね、そっとはずしてみたんですよ。そしたら興奮しました。何もかもが見える。あ、茶碗《ちゃわん》ってこういう形なのね、とわかった。

石原　茶碗の形もわからずに食べていた。

「病気を贈られる」ということ

曽野　退院してから山手線に乗ったら、あちこちに見える看板とか物干し台とかに、いちいち感動して、夫に「なぜ皆、感激しないの？」と言ったら、「そんなことしていたら疲れて死んじゃうわ」と言われましたけど（笑）。あまりの新鮮な刺激でどう受け止めたらいいのか、わからなかった。

　50年目にして初めて目を開けた感じで、初めて見える人の生き方がわかった。

石原　その、蘇生感《そせいかん》はすごかったでしょうね。

曽野　夜、眠れなくなるほどね。私はけっこうしぶとい面もあるから、いよいよものが書けなくなったら、マッサージ師の資格をとろうと考えていたんです。私、マッサージがうまいんですよ。人の体のツボに、テレビを見ながらでも、すっと指が行くの。指に目がついているみたいです。

石原　それは特技ですな。

曽野　そうです。手相も少し見られるのでインチキ占い師もいい、とかいろいろ本気で考えましたからね。

石原　手相が見られる？

曽野　少しね。私の左手って、ますかけ線というのがあるんです。手のひらをまっすぐに横切っている線。頑固でしつこい。

石原　僕も右手にありますよ、ますかけ線。

曽野　知能線も2本あるの。嘘《うそ》つきなんですよ、作家に向いてる。だからアフリカあたりで占い師だと言って、大統領あたりにとり入るのはどうだろう、とか考えて（笑）。

石原　しかし、それだけ視力が回復したということは、人生の大転換だったでしょうね。神様に感謝したでしょう。やはり、何かの加護というものを感じませんでしたか。

曽野　驚きのあまり、食欲がなくなったほどです。でも反面、試練も受けたのだと思います。

石原　試練？

曽野　おまえはこれをやりなさい、と言われたような気がしたんですよ。私の目から光を奪わずに、生かされた。何か人間を超えたものが介在した、と感じます。

ですからカトリックでは「病気を贈られた」というんです。「不幸を贈られた」「悲しみを贈られた」。贈る。つまりプレゼンツですね。人は病気になるまで、健康のありがたみがわからないでしょう。よくなったらなったで、忘れますし。

石原　それは劇的な出来事でしたね。

曽野　50歳になる直前のことです。それで50歳になった時に、思い切って、サハラ砂漠に出かけることにしました。自分の生涯において、どうしても行ってみたいと思い続けていた場所なんです。

50歳で新しいことに挑戦する

石原　ほう、サハラとは面白いね。どういうところに惹《ひ》かれたのですか。

曽野　私は生まれ育った都市というものが、ずっとどこか嘘だと感じていました。

戦争中は電気がない、食べ物がない、あらゆるものがない経験もしましたけど、それをもってしても基本的には都市で育ったことに変わりありません。どうやって水を得ているのかとか、人間の暮らしの基本を知らなかった。便利さに慣れれば、あらゆることがだんだんと鈍っていくし。それを訂正してから死んでいきたいなと思ったんです。

アフリカというところは、何もない。そういう極限に、自分を置きたかった。大地に眠るとは、どういうことかとか。目がよくなったことを機に、これまでやりたくてもできなかったことを絶対にやっておこう、そう思って。

石原　僕は、したいと思ったことは、ずいぶんしてきたほうですがね。

曽野　石原さんは、そうでしょう。私は我慢の連続でした。

石原　僕は、我慢というものをしたくないから。興味が湧くと、すぐに動きたくなるんです。

曽野　私はそれまで、家庭のことで諸般の事情があったといいますか。私の母と、夫の両親と３人の親と暮らしていたんです。お手伝いさんや、親のためのヘルパーさんたちの力をお借りしても足りず、自分のしたいこと、思いを抑えて生きてきたところはありました。

　その中のひとつに海外赴任の仕事、フィリピンの青年海外協力隊の事務所長をやってくれという話もあったんですけどね。１００人近くいる青年たちの活躍を守る仕事で、これはやりたかったのですが、やはり親たちを放り出すわけにはいかなかった。

石原　我慢強いですね。それは美徳のひとつでもあるのでしょうが。

曽野　美徳なんてもんじゃない。私以外に誰も親を見てくれなかったから。目が治った頃に、親をどうにか置いていける環境になったということですね。子供はもう成人していましたし。私は作家になっても、文壇とのつき合いはしなかったから、作家仲間と連れ立ってバーに行くこともない、パーティなども嫌いですし、男道楽もせず、ただひたすら書き続けてきたから。目が治った時、やりたいことは今こそやろうと思った。人生をやり直すというか、凝縮したいという気持ちでしたね。

石原　人生をやり直すには、50歳というのはよい年齢だったでしょう。もっとも今は、何歳になろうとあきらめさえしなければ、新しいことに挑戦できる時代になりましたけどね。

結局は、自分の決意と、動くかどうかです。

曽野　そのまねごとを私は砂漠でやりたかったんです。ちょうどその頃にベターセラーになった本があったことも幸いで、お金が入ったことも大きかったですね。まず欲しかったアメリカ製の大きい冷蔵庫を買いました。あとは、これまで本当にしたかったことをしようと思って。

石原　しかしサハラ砂漠というのは面白い。日本の女性作家の中で、唯一の行為者だな。

曽野　サハラは危険ですから、絶対にひとりで行ってはいけないわけで、行きたい人を5、6人集めないといけない。運転手に、エンジニア、アラブ語のできる人、フランス語のできる人。英語は私が何とかなるから。運転は私も交代でしましたけどね。昔から親しい考古学者の、吉村作治《よしむらさくじ》さんにもキャプテンとして加わってもらいました。

私は砂漠を走れる特別仕様の車２台を、その時入ったお金で作って船で送ったんです。２台というのは、１台がだめになった時の備えです。アルジェリアから入って、コートジボワールの象牙海岸の町まで３０００キロくらいを、その車で走りました。

石原　準備が大変だったでしょうね。生半可にひょいとは行けない。

曽野　そうですね。事故を起こすと、美しくないですからね。外務省の方が心配してくださって。出発前にアルジェリア、着いたらコートジボワール、それぞれの大使館に挨拶に行きました。出発前、完走したあかつきには大使館の方に「無事でございました」と、「銀座から帰ってきました」みたいに、涼しい顔して言うのを夢見てね。それが私の見栄（笑）。

石原　僕はサハラの端っこには行ったことがあるけど、行ってみたいですね。荷物はどんなものを積むの？

曽野　まず長距離トラック用の、２００キロのガソリンタンクをつけました。途中砂漠の最奥部にはガソリンスタンドがないですから。軍隊みたいなものですよ。発電機も積んで、そこに繋げて、釜でご飯を炊くんです。フランスパンを２００本ぐらいでいいじゃないかと言ったら、「ああいうパサパサしたものは嫌だ」という、うるさい人がいて。謀反《むほん》だか反乱だかみたいなものは、だいたい食事への不満から始まりますからね（笑）。そんなものです。

あとは砂にスタックした時に車を出す、戦車のカタピラーみたいなものとか、いろいろと。サハラに入る手前の最後の村で引いていたリヤカーも捨てました。ガソリンを食うばかりの車輌《しゃりょう》ですし。私は気が小さくて砂漠の中では、けっこう泥棒を恐れていたんですね。地平線に前照灯がチラチラ見えると、その車輌は銃器を持った強盗かもしれませんからね。６人がそれぞれ10メートルくらいの間隔で立つんです。固まっていると一気に撃たれて全員死ぬから。そういう滑稽な用心までするんです。

幸い泥棒には遭わなかったけれど、いつ何が起こってもおかしくないですからね。いざという時のために、10ドル紙幣を何枚か靴の中敷の下に隠していました。強盗に遭ってもそれだけは残るでしょうから。

はるか先に灯が見えて、人が近づいてきたからほっとして、久しぶりにお話ができるなんていうのは、平和に生きられている日本人の錯覚でもあるんです。

死の床で思い出すだろう光景

石原　そういう経験をすると、やはり何かが大きく変わりました？

曽野　変わったということはないのよ。ただあの時、確かに私は砂漠にいたということです。砂漠では人間の小ささを感じますが、その小ささこそが自由です。無数の星が光る夜空も現世の光景ではないみたいで、あれを見たら死んでもいいとさえ思いましたね。私の友達のシスターが何人かアフリカに渡っているんですが、もうほとんど死んでしまっていて、彼女たちの亡骸《なきがら》は、その地の土に埋められているんです。大自然の天蓋《てんがい》のような星空を見て、彼女たちの一生はよかったんだろうと思えた。

石原　星空は、海の上から見てもすごいですよ。ある夏の夜に、沖縄からトカラ列島を北上していたんですが、その最中に颪で雲が吹き払われて、満天の星が現れたことがあってね。満天の星というのは、こういうものかと。とにかく手でつかめるくらい星が見えたんです。甲板で波に揺られて眺めながら、無限の宇宙というものや、人間という存在とは何かを思わされましたね。その儚《はかな》さや尊さ……なんかをね。

曽野　そうでしょうね。月もです。満月を見ました。

石原　月か。月もいいですね。

曽野　北部の大砂丘地帯で野営をした時、静まりかえった砂漠で満月を見られるという幸運に遭遇したわけです。月はね、柿の実のような色をしていて、この世の光景とは思えなかった。ノートに「満月の夜、砂漠は海底になり、人間はみな魚になる」と書いています。その晩は月の光の下で眠りました、と言いたいところだけど、目をつぶっても眩しくて眠れないんです。

　自分がいつの日か死の床に就いた時、思い出すのはあの光景だろうと思います。

石原　海と砂漠は似てるかもしれないな。それにしても現代の子供らが、星空を見上げたことがないというのは、つくづく不幸だと思う。僕は小説をあの小さい機械、スマートフォンで読まれるのはたまらんね。ＩＴの異様な発達で、読んで嚙《か》みしめるなんていうことがなくなったでしょう。自然の中に身をさらさないから、感性がどんどん鈍くなっていく。本っていうのは、手でページをめくって、行ったり来たりして読むものでね。

曽野　本は、ページの色が年月と共に変わっていくのもいいわね。ちょっと黄ばんできたり。

石原　それでもう一回、あそこを読もう、最後のいちばんいい5行から6行のところを読もうと思って、前のページから読み直してね。その場面に当たる時は、何ともエクスタシーがあるんです。たとえば福永武彦《ふくながたけひこ》の『草の花』とか、いいんだな。そういうセンチメントは、紙をめくらないと、わからない。

曽野　私がスマホで小説を読むということは、この先もないですね。ああいう機械では読んであげない（笑）。

石原　僕はそもそもスマホを持っていない。どう考えても、文明の進歩に人間の情操がついていってないんですよ。無機質な人間ばかり増えてきて、発想力も表現力もなくなった。

だから若手作家の書くものは、のっぺりとしたものばかりで面白いものがなくなった。

僕は、それで芥川賞の選考委員を下りたんだけれど。

曽野　大人たちも、今は夜空など見ませんね。

石原　まさにお釈迦様は、夜空を眺めて宇宙を認識してきた。そういう気づきを得られなくなっていくでしょうね。

曽野　海にはもうあまりいらっしゃらないんですか。

石原　行けなくなって、つらいですよ。体の自由さえきけばなと思いますよ。逗子の家も、行かなくなって手放しましたし。あの家の窓から見渡せる相模湾が、たまらなく好きだったんですけどね。そもそも僕は水が好きなんですよ。入るのも眺めるのも。川でも湖でもね。

この間、講演を頼まれて伊豆へ行ってね、熱海に入って海が見えた時、不思議に涙が出たな。あの安らぎっていうのは、何だろうなと思いましたね。

第二章

「死」をどう捉えるか

人は死んだらどうなるのか

石原　こうも死というものが近く感じられる年齢になると、僕のような人間は、余計にその実体を知りたくなるんです。死ぬ時は意識が失《う》せるわけだから、結局、何もかもがわからなくなって、捉えられない。そういう怖さと悔しさのようなものがありますね。

曽野　それはそれでよいと、私は思いますよ。

石原　キリスト教では、死んだあとにどうなるのですか？

曽野　命は続くらしいです。その生き方によって、報われるということになっています。現世での生き方によって、天国に行く人と地獄に行く人とに仕分けられるんだそうです。

石原　裁かれるということですか？「最後の審判」という絵がありますね。仏教でいえば、閻魔《えんま》大王だな。

曽野　裁くという言葉は、よい言葉ではないですけどね。天国と地獄の中間に「煉獄《れんごく》」というところがあって。英語では、「Purgatory《パーガトリー》」といいますね。そこで罪の償いをして天国に行くようです。天国に行く予備空間といわれていますね。

石原　予備空間って？

曽野　私が作ったわけではないので、わかりませんけどね。死んで天国へ行くまでの間のところっていうか。たとえば男の人だったら、ちょっと女性と飲んで帰って、奥さんに「どうしたの？」って聞かれたら、「いや仕事で遅くなってね」というぐらいの嘘は、いっぱいつくわけでしょう。私たちもそうですよ。そういったことを含め、けちな罪の償いをそこでするらしいです。

石原　飲んだぐらいで、それはかないませんな。

曽野　まあひとつの教えですね。茶道の作法で、畳の縁《へり》を踏まないとかあるでしょう。そういうことだと思うんですよ。悪いことをしないほうが後の始末がいい、という。

石原　来世もありますか？

曽野　あるという考え方です。でも未知ですから、来世があるとか、死別した会いたい人に会えるかもしれないとか、そういう希望はあるかもしれないし、ないかもしれないし、絶望があるのかもしれない。両方あるのかもしれない。希望と絶望のどちらかをとるというのは、人間の浅はかさかもしれません。

お釈迦様は輪廻転生があるなどとは言っていない

石原　そういった考えは、仏教にはないですな。お釈迦様はまったくそのようなことは言っていない。仏教での来世は平安時代末期に浄土宗の法然が、人々の恐怖を救うために言い出したんです。極楽というものがあって、南無阿弥陀仏《なむあみだぶつ》と唱えれば救われると。今でいえば一種のセールス。釈迦自身は、来世とか輪廻転生《りんねてんしょう》とか、天国とか地獄などとはひとことも言っていないんです。だから僕は、死は「最後の未知」だと思っていて、何とかそれを知りたいわけです。

曽野　私にもわかりませんよ。実際に行ったわけではないですから、天国と地獄がどういうところだということもわからない。わからないことは追求しても仕方ないですからね。私は知ろうとしたことがないんです。

ただ、死にかけて、生きて戻ってきたという人の体験談は多いわね。花畑を歩いていたというような。ああいう現象は脳の研究者はわかるかもしれませんね。

石原　キューブラー＝ロスの言う、いわゆる三途《さんず》の川を渡りかけた、という話でしょう。たくさん聞きますね。

曽野　ええ。ただ私はそういう人に会っても、本人が話さない限りは、こちらからは聞かない。「どういう状態で、そこの門をくぐったんですか」というのは、彼もしくは彼女の聖域だという気がするんです。

石原　僕は裕次郎からも聞きました。大手術のあと1週間ほどして、こんなことを言った。

「どこかの川原で、時代劇のロケーションをしていた。秋のようで川のあちこちのすすきの穂に陽が当たって、きれいだった。俺は浅い川原をジープで走り回って、段取りをつけるためにマイクロフォンで指示しているんだが、全然うまくいかない。向こう岸にいるエキストラが、まだ見えてはいけないのにチラチラ姿を現したりするから、イライラしながら怒鳴りまくった。いつまで経っても段取りがつかなくて、川の向こうに突っきって行こうとするけど、なぜだか誰かに止められて、元の岸に戻ってきてしまう。そんな夢を見続けた」と。

ものすごく具体的でした。「不思議なのは、川向こうの人間たちが額に、昔の人みたいに白い三角形の布をつけてた。あれが死神だったのだろうな。あのまま渡っていたら、もう戻ってはこられなかったと思う。ともかく、川の水はこれまで見たことのないほどきらめいていて、きれいな光景だったよ」、そう話してくれたんです。向こう岸に渡ったら、そのまま逝ったのかもしれない。

曽野　でも、もしも岸で誰かが迎えに来てくれるなら、楽しめばいいじゃないですか。私は恐怖に満ちて死んだ人というのは見たことがないですね。

霊魂は存在するのか

石原　曽野さんは、いわゆる幽霊とか霊魂といったものは信じますか？　僕は見たことがないですが、三浦朱門さんや遠藤周作《えんどうしゅうさく》さんが見たという話は聞いたことがある。

曽野　熱海での出来事でしょう。遠藤さんの知り合いの会社の、静かな寮を使っていいと言われて、ふたりで泊まった。夜中にふと気づいたら、遠藤さんの布団の隣に、灰色の服を着た男がうずくまっていて、「ここで死んだ」って言うんですって。ふたりとも飛び起きて顔を見合わせてね。這って逃げ出して、母屋に向かった。遠藤さんが「三浦、先に逃げるなっ、卑怯者《ひきょうもの》！」と怒鳴ったとかいう話でしょう（笑）。

石原　念のため、翌日も泊まったらしいじゃないですか（笑）。母屋の人から「また出ましたか」と言われたとか。

曽野　憔悴《しょうすい》しきって帰ってきましたよ。でも私は、幽霊もいるだろうと思いますよ。それは嘘だとか、幻影だとか言わない。見たという体験だけが、その人にとって真実なんです。

石原　僕は、ハッキリ認めるんですよ。霊というのは、人間の想念なんです。親父が亡くなった時、関西に住んでいる両親の結婚の媒酌をした老婦人の家の縁側にね、突然、親父が現れたというんですよ。ソフト帽をかぶってやってきた。婦人は「まあ」と思いがけない客に、奥にあった座布団を取りに行って、戻ったら姿は消えていたというんです。ハッキリ姿を見たのに、と。この時、あ、潔《きよし》さん（父親の名）は亡くなったんだな、と思ったというのです。

逗子の家に電話をしてきて、現れたのがちょうど亡くなった時間だったという。あとからその話を聞いて僕は素直に信じたし、とても勇気を与えられました。

曽野　勇気を。そうかもしれませんね。

石原　想念というのは、ひとつのエネルギーですからね。親父は恩人に去りゆくことの挨拶に行ったのでしょう。僕には、いつものお気に入りのソフト帽をかぶって行った……その光景が目に浮かびました。どういう道を通って行ったのかな、なんて。

逆に、たとえば恨みつらみの想念もありますね。『四谷怪談』のお岩さんみたいに、亭主の前に化けて出たりする。想念が何らかの形で滞って成仏できないから、この世に留《とど》まって出てくるんでしょう。その原理はわかりませんけど。

成仏とは何か

曽野　私は成仏ということが、よくわからないのです。わからないことに自分流の答えを出すのは嫌ですね。わからないまま生きた、というのが人間ではないかなと思っていますから。

石原　成仏というのは、仏教、法華経では「涅槃《ねはん》」というんです。非常に安らかな、とにかく安心立命した形で逝くということ。

　僕は火の玉についても、いくつか話を聞いているんです。あれも人の想念の現れだと思いますね。特に印象的な話がふたつあって、これは胸がつまるんです。

　ひとつは小林秀雄《こばやしひでお》さんのお母さんの話でしてね。お母さんが亡くなったと聞いた時に、小林さんの前に蛍が飛んできた。蛍か、珍しいなと思いながら所用があって駅に向かうと、道の途中の家の、自分になついているはずの犬がさかんに吠《ほ》えたと。そのあと自分を追い抜いて行った子供たちが、遮断機のところで「人魂《ひとだま》が飛んでた」と騒いでいたというんです。小林さんの前に、蛍となって現れたんでしょうね。

曽野　私は人魂というものを見たことがないのですが、そういう現象はあるのかもしれません。

石原　小林さんからは、ずいぶん「ベルクソン読め、読まなくちゃだめだぞ」と言われました。

曽野　小林さんがすすめられた？

石原　小林さん自身、霊的体質の人でした。ベルクソンという人は不思議な人でね、心霊現象研究協会の会長をやっていて、人間の不可知な世界にとても興味があって、肯定している人でした。カントの『純粋理性批判』が、自然に神秘を感じるとか、人の感性は理性をはるかに超えたものだとかいっていますけど、それをもっと具現化しているんです。

読んだのだけれど、いかんせん難しくて途中から読む気がせず、やめました。もうひとつは鹿児島の知覧での話です。

曽野　かつて特攻隊の基地があったところですね。

石原　ええ、その町で富屋食堂という店をやっていた、鳥濱《とりはま》トメさんというおばさんがいまして、出撃を待つ若い隊員たちからお母さんと慕われていた。僕はある本でそのことを知ってね、ぜひお会いしたくて訪ねたんです。その後、トメさんのことを伝えたくて映画を作りました（「俺は、君のためにこそ死ににいく」）。
何回かお会いしに行って、命を散らしていった若者たちの話を聞かせてもらったのです。その中でね、出撃の秘密命令が出たことをトメさんだけに知らせて「自分の好きな蛍になって、きっと帰ってきます」と約束していった隊員が、翌日、井戸のそばに本当に蛍となって現れたという話がありました。

曽野　蛍という形が多いですね。

石原　中でも打ちのめされたのが、戦後の話です。ある夕方、隣町で用事を終えたトメさんがかつて飛行場で、三角兵舎があったあたりを久しぶりに通りかかった。もう菜の花畑になっていたそこが、トメさんの前でバーッと火をつけたように燃え上がったというんです。一列に鬼火《おにび》のような火が並んでいたと。出撃していくたびに、気持ちを堪《こら》えながら見送ってきた英霊たちが、トメさんに会いに来たのでしょう。トメさんは一緒にいた富屋旅館のお手伝いさんと手を合わせて、一生懸命に祈ったそうです。
　すると「鬼火がひとつひとつ、ゆらゆらと消えていった。恐ろしいけれど、とてもきれいだった」と。一緒に祈ったというお手伝いさんもやってきてくれて、やはり「怖かったけれど、とてもきれいだった」と話してくれました。僕は編集者とふたりでその話を聞いたのですが、ふたりとも自然に背筋が伸びて、正座したことを覚えています。

曽野　それほどの思いがあった場所。思いが残っていて鬼火となって出てきた。それも死者のひとつのお役目でしょう。

石原　トメさんは慕われた人でね、年とって老人ホームに入ってからも、周りの爺さん、婆さんたちからも尊敬されていました。トメさんが亡くなった時、僕は官邸に行って国民栄誉賞を出してくださいと頼んだんです。
　結局、よく知らない人だとか、全部受けていたらキリがないとかいうようなことを言われて、だめでね。あの対応は腹立たしかった。よく知らないも何も、死を覚悟して飛び立って行った若者たちを見送った、たったひとりしかいない人なんだ。

ふとした出来事で、状況が一変することがある

石原　戦争では、そういう若者たちが大勢亡くなって無残だったが、今は子供たちの自殺や老年の自殺が多い。曽野さんは自殺については、どう考えますか。僕の周りでは学生時代から何人かが自らの命を絶っていったが、もっともこたえたのは、死の直前まで親しくしていた江藤淳の死ですね。

曽野　江藤さんは奥様を亡くされたのちでしたね。

石原　彼は僕と同じ脳梗塞を患っていて、鬱っぽかったんです。愛妻を失って孤独に耐えかねてね、酒を飲むとすぐに泣くんですよ。鎌倉の家でひとり暮らしの不便さもあって、誰かそばで世話をしてくれる人がいないだろうかと相談されたんです。

　息子に相談したところ、ちょうどお手伝いさんを探していて、応募してきた人の中に素晴らしい人がいると、息子の家内から紹介されましてね。江藤も気に入って感謝してくれて、住み込みということで雇った。ふたりでお手伝いさんの使う自転車を買いに行

ったりしてね。

曽野　そうでしたか。

石原　何とか生活が始まろうとしていたところだった。ところが、なぜああいうことが起こるんだろうと思うのだけど、その女性が一旦、身の回りの物を備えてから江藤の家に戻ろうと信州の実家に帰った時、関東一円に凄まじい台風がやってきましてね、その人は東京に向かう電車の中で、立ち往生してしまった。

予定の帰宅時間をはるかに過ぎてしまって、江藤の家に着いた時には、彼の命はもうなかったんです。

期待していた人が来ないという絶望感に、一気に襲われたんだろうね。人生って、本当にああいう何か、ふとした出来事で状況が一変してしまうようなことが起こるのかもしれない。もしも時間が戻せて、あの時に僕が彼のそばにいたら、江藤を死なせずに済んだ気がしてならないんです。寂しかったんだな。

曽野　そうでしょうね。でもね、予測できない寂しさじゃないですよね。やっぱりそれにひとりで耐える姿勢があってもよかったと、私は思う。遺書のようなものは、おありになったんですか。

石原　ありました。「脳梗塞の発作に遭いし以来の江藤淳は形骸に過ぎず。自ら処決して形骸を断ずる所以なり。乞う、諸君よ、これを諒《りょう》とせられよ」とね。諳んじられるくらいだ。今、同じ病に侵された身としては、それを読んだ時よりも、ずっと身につまされます。

　僕も発症した当時は、どうにもこうにも先が見えなかった。たったひとり世の中から放り出されたような気持ちになるものですよ。今は何とか立ち直って、イライラしつつも、また書くことには立ち向かえていますが。

　彼も病に負けず、書くという強い意志を持つことができていたら、生き甲斐が生まれたのではないかと思うんですけどね。作家でも三島由紀夫さんなんかは、自衛隊の駐屯地に乱入して腹切りして、あれは何とも仰々しかったですけどね。

自殺は可か不可か

曽野　肝炎になった時に、手紙を送ってくれたと言っていましたね。

石原　曽野さんは、もう自殺したいと思うことはありません？　子供の頃に死のうと思ったと言っていましたね。

曽野　今はもう、できません。神様の命令がありますから。それに、もうすぐ自然に死ねる年ですから。

石原　命令といいますと？

曽野　人を殺してはいけないという、神様の最初の命令があるんです。他者に対してはもちろんですけど、自殺も自分を殺すということですからね。私は人間の思い上がりというのが、嫌いなほうなんです。ろくろく歩けもしないのに高山に登ってしまって迷惑をかけるとか、その程度の思い上がりのことですけどね。

それでね、自殺も思い上がりだと思うんです。エゴイスティックな行為ですね。人間は放っておいても、死ぬ時が来るから。

石原　確かにそうですね、まちがいなく命が尽きる時が来る。

曽野　老いという自然な人生の時を無視してなおざりにする、怠慢であって驕《おご》りだという気がします。ものすごく長生きすればいいということでもないですけど、私の周りを見ても80代、90代で死んだ人は、周りも「うちの婆ちゃん、先日死にました」という感じで、あっけらかんとサバサバしていますよね。

　せめて死ぬ時に、残された者たちが気持ちいいほうが私はいいです。自殺されたら、残る者たちはずっと嫌な気持ちでしょう。死ぬのも務めなら、その日が来るまで生きるのも務めなんです。

石原　信仰ということですか。

曽野　旧約聖書の「神の十戒」という教えのひとつに出てきます。「殺してはならない」と。人であろうと何であろうと、殺してはいけない。素朴でわかりやすい。

虫が殺せなくなった訳

石原　僕は脳梗塞をやってから、虫を殺さなくなりましたね。家の中にいる小さな虫。そこはガラッと変わりました。

曽野　私はまだ殺します（笑）。蠅叩《はえたた》きを持って、ゴキブリを追い回していた時期もありますよ。最近、ゴキブリ自体が出現しなくなったのですけど。

石原　家の洗面所に、昔から住みついている小さなクモがいましてね。洗面台を這っていたから、水道水を流したら排水口に流れていった。翌年の啓蟄《けいちつ》の朝に、同じかどうかはわかりませんが、小グモが出てきて、妙にうれしくなりました。以前だったら抱きもしなかった感情で、ああ、こいつも頑張って生きてるなと。思わず「俺も生きてるぞっ」と口にしました。大きい病を経験したことと、老いがもたらしてくれた、これまで知らなかった感情ですね。それで一句、「啓蟄や　年を越したる　小蜘蛛《こぐも》に会い」と、ひねりました。

曽野　いい句ですよ。

石原　これが、人間としての貴重な悟りだったらいいのですが。もうひとつ大きく変わったのは、窓越しの木々の葉、一枚一枚が美しく感じられるようになったことです。それまで気づきもしなくて、ありきたりな木だとしか思っていなかったのが、退院して久しぶりに眺めた時に、きれいだなと感じて、しみじみと見入りましたよ。この変化には自分でも驚きました。

曽野　私は、生き続けているということは、その人の運命が「生きなさい」と命じているということだと思っているんです。生命だけは自分でその長短を操作してはならないもののように思っていますから。

石原　ただ、同じ自殺でもせつない印象があるのが、日本で初めてオリンピックが行われた時のマラソン選手だった、円谷幸吉《つぶらやこうきち》選手のことですね。僕はあの時スタジアムで、あるテレビ局のゲストとして喋っていて、トラックに入ってきた彼は2位でしたが、本当につらそうでした。ついに抜かれて3位になってしまったものの、何とか銅メダルは死守して日章旗を掲げてくれたんです。ただそのあと、次のオリンピックが話題となり始めた頃に、自ら逝ってしまった。

曽野　あの方は自衛隊の士官でもありましたね。

石原　そうです。優れたアスリートでしたが、自分の肉体が思い通りにいかなくなっていくことと、国を背負ってのその身分が重くのしかかったのではないかと思います。

遺書がありましてね、「父上様母上様　三日とろゝ美味《おい》しうございました。干し柿、もちも美味しうございました」という書き出しなんです。僕はもの書きだから、どうしても、ああいう一文にはやられる。そして「父上様母上様、幸吉は、もうすっかり疲れ切ってしまって走れません。何卒お許し下さい」とあった。僕も自分が肉体を使うことで生を実感する人間ですから、身につまされた。自殺がよいとは思わないが、あれは寂しい記憶として残っていますね。

霊魂は不滅なのか

石原　僕はよくわからないのですが、曽野さんは魂、霊魂ということについては、どう考えますか。

曽野　私は霊魂というものはあって、不滅かなと思っています。

石原　あると考えているのですね。

曽野　信じる人たちは、「永遠の前の一瞬」という言い方をします。この世に生きて、たくさんのことを考え、喜び、悲しんできたことが、死によって終わる。パタリとその働きをやめてしまうということはないと思いますね。

石原　そうですか。僕は息を引きとったら、一瞬で魂もなくなると思いますけどね。瞬時にチリ芥《あくた》になる。

曽野　私は、そうは思わないんです。それだけに地上で肉体と霊魂とが一致して生きるということは、このうえなく貴重な時間だと思えます。たかが数十年の命を、自分に与えられた貴重な状態の中で生き抜かなくてはならないような気がする。

石原　確かにたかが数十年だな。光陰矢のごとしとはよくいったものです。霊魂があるとして、来世で甦《よみがえ》るということですか。

曽野　そういうことは、わからないですけど、私はわからないことだらけなので、わからないことを自然に受け入れています。

石原　それにしても、なぜか弟は夢にすら出てこないんです。会いたいと思うけれどね。裕次郎だけでなく、死んだ人間の夢を見たことがないな。

曽野　私もそうです。朱門も両親なども出てきたことがないですね。でも不満ではないのよ。自分に会いに来ないなと思ったことはないですね。

石原　それはお互い、一生懸命に今を生きているからではないかな。

曽野　そうかもしれません。やっぱりその人が生きているうちに、つき合いを果たした、という思いがあるような気がしますね。意図的に尽くしたとかお仕えしたということではないですけどね。

石原　思い残しがないということですね。

曽野　思い残しというよりも、その人に対して、自分は存在するという務めを果たしたということ。そういうことだと思うんです。

目に見えない何か、はある

石原　霊魂についてはね、僕は不可知な物事に非常に興味があるものですから、昔、霊能力、霊感のある人々を訪ね歩いたことがあって、産経新聞に連載して『巷《ちまた》の神々』という本にまとめました。

曽野　どのような方たちですか。

石原　昭和40年代の、新興宗教の教祖たちで、彼らはやはり不思議な力を持っていたんです。いろいろな人に会ったが、これはもう枚挙に遑《いとま》がない。不思議と驚きの連続でしたね。

　中でも物事を見通していたということで、わかりやすい例でいえば辯天宗《べんてんしゅう》の大森智《おおもりち》辯《べん》というお師匠さんでした。甲子園によく出場する智辯学園の母体ですね。話が少し長くなりますが、知り合いの作家である今東光《こんとうこう》の奥さんが、七転八倒するような奇病にかかった。彼が住職をしていた時、村のやくざの親分に「このままじゃ、奥さん死にまっせ。

偉い先生がいるから、そこへ行って頼みなはれ」と言われたということでね、僕は今さんにつき合って、その大森さんに会いに行ったんです。

そしたら、「あんた、えらいもの持ってきたね」と。今さんは骨董が好きで、沖縄でパナリ焼きという豚の血で色づけする壺をたいそう気に入って譲り受けて帰ってきていたのですが、それは元の持ち主の家のご先祖の骨壺だったようなんです。骨は他の壺に移し替えて持って帰ってきてしまって、それを本堂に飾った。「すぐ捨てなさい」と言われましてね。

曽野　それはいけませんね。

石原　しかも、屋敷の庭の仏像の下に不浄なものが埋まっているから、それも取り除けと言われた。掘ってみたら、前の住人が飼っていた犬の骨があって、ふたつとも言われたようにしたら、その晩からパタッと奥さんの病気が治ってしまったんです。

それでね、あの日ご飯をごちそうになりながら、僕も言われたんですよ。「石原さん、あんたタフガイと思ったけど、案外、気が弱いね。何か困ってるだろう」と聞かれて、当時、前の家がなかなか売れなくて困っていると話したんです。ある料理屋の別荘として作られたいい家だったけれど、海の崖の上にあって湿気るんですね。そうしたら、大丈夫だと、売れる期日まで言われて、その通りになりました。

たまげたね。あれ以来、科学では証明できない、目に見えない何かがあると、僕は確信していますよ。

曽野　私は詳しくないですが、目に見えない何か、というものはありますね。

石原　宗教家というのは、聖職という曖昧な表現でいわれる観念業のようなものではなくて、一種のプラグマティックな専門的技術者ではないかと僕は思いますね。神様から与えられた使命はあるかもしれないけれど、あくまで媒介であるというのか。

あまたの宗教家に会ってね、経典も読んでみましたけど、いちばん信頼したのは法華経なんです。22年も前に『法華経を生きる』という本を書いたんですが、最近、先ほど話した、僕なりに新たに現代文に訳した『新・法華経』を完成させました。難解すぎる経を、わかりやすく長編の読み物のようにしたかったんです。妙法蓮華経序品《じょほん》第一から、第二十八まで、３年ほどかかりましたけど、ようやく書き上げて、安堵しました。

お釈迦様が説いた、仏教のいちばんの原点

曽野　病気をなさっても、ぶあついものを書き上げられた。

石原　作家の執念とでもいうんでしょうか。僕のライフワークとして、これだけは書き上げたかったんです。28ある章の中の白眉、十六番に「如来寿量品《にょらいじゅりょうぼん》」という非常に含蓄のある解説があるのですが、それは僕がこれまで読んできた、たくさんの宗教書や哲学書をはるかに超えた深遠なる哲学だとわかりました。今になってみて、沁《し》みるように理解できたんです。

曽野　時を経て、ということですね。

石原　そうでしょうね。何千年も昔に説かれた教えが、これほどまでに理解できたのは、僕自身、なまじ年をとったのではなかったんだなと思えた。説かれている宇宙の広がりというもの、これは長い間、僕が海で過ごしてきたから実感できるものなんだろうとね。そんなことを初めて感じたんです。海に出ていますと、無限に広がる宇宙とか、無限の

時間とか、ただただ人間の無力さといったものを全身で感じることがありますから。

曽野　法華経にそれほど惹かれたのは、どういうところでしたか。

石原　やはりお釈迦様が説いた、仏教のいちばんの原点だと僕は思うんです。キリスト教は〝愛〟に基づく信仰でしょう。愛は人間のもっとも尊い情念であって、それは素晴らしいものだとわかる。だが僕はもう少し物事の思考法というか、哲理、哲学を学びたかったんです。

曽野　学ばれたいと思ったのは、何かきっかけがおありだった？

石原　もともと若い頃から、生きる意味というものを知りたい人間ですから。その先にある死というものを題材にして、小説を書いてきたようなところはありました。曽野さんと同じく、死を感じる体験をしてきたこと、父が毎日、唱えていた念仏の影響もあって、宗教書や哲学書を読み耽《ふけ》るようになりました。

自分自身がひとつの宗教に帰依しているということではなくて、洋邦いろいろな信仰の経典を読んできた結果、法華経が僕にとっては「哲学」としていちばん響いたんです。

たとえば日本の神道というのは、理性を超えた原始的な本能の上に成り立っている、非常に土俗的なものだと思うんですね。ご神体が山であったり海であったり岩であったり……するでしょう。

曽野　自然への敬いでもありますね。

石原　ええ、崇敬《すうけい》です。人間っていうのは、やっぱりああいうものを見ると、素直にすごいなと感動するわけだから。いつだったかアンドレ・マルローが来た時に、村松剛《むらまつたけし》と那智《なち》の滝に行って、日本文化に造詣の深い彼が、一旦くぐった鳥居を出て戻ってね、鳥居の外から滝を見て「あ、この宮の神様は滝だな」と言ったんですね。ふうん、なるほどと思ったんですけど。

日本各地にある〝祭り〟はその最たるものですよね。大自然に祈ったり、豊穣《ほうじょう》に感謝を捧《ささ》げる。あれはあれで神聖でいいものですが、僕はああいった情緒的なことではなくて、もっと「体系」や「教義」というものを知りたかったんです。それが法華経を読んで、腑《ふ》に落ちました。

曽野　論理性といったものを求められた。

石原　そうです。お釈迦様が初めて「哲学」というものを宗教（法華経）に持ち込んだと思います。きちんとした哲学がある。哲学をどうのこうの講釈しても仕方ないですけど、哲学というのは、時間と存在について考える学問でしてね。料理の哲学とか、野球の哲学とか……ああいうものは哲学じゃないんだな。

カントやアリストテレスが言ったみたいに、物の存在と時間について考える学問。位相の違う時間というのか。僕らにとって時間というものは、朝6時に起きて、今は午後3時になったとかそういうものでしょう。そういう時間では全然なくてね、もうべらぼうな時間について説いている、不思議なお経。それが今、言いました法華経の十六番に語られていて、特に重要なんです。面白いですよ。

宇宙には地球のような惑星が200万ある

曽野　たとえば、それはどういうものですか。

石原　ふたりの天才、ホーキングとアインシュタインが語った、宇宙と、時間と存在について、それがもうまったく完全に同じなのです。何千年も前に語られた法華経と同じということは、僕にとって驚異でした。今から40年前に、東京のよみうりホールでホーキングの講演を聞きましてね。

曽野　来日なさっていましたね。

石原　彼は筋萎縮性側索硬化症で声が出ないから、コンピューターの人造音声で喋っていたんだけど、終わってから質疑応答がありましてね。おそらく聴衆には天文学者が多かったんだろうけど、ある人が「この宇宙全体に、地球のように進んだ生命体によって、文明が発達した惑星はいくつぐらいありますか」と質問した。そしたら即座に「２００万」と答えたんです。別の人が「それほどの惑星があったら、実際に宇宙船が飛んでくるのか」とか、「宇宙人が来るとかないのでしょうか」と尋ねたら、「いや、そういう高度な文明を持った星は、自然の循環が狂って、宇宙時間でいうと瞬間的に滅びます」と答えた。

　僕は恐縮しながら「あなたの言う宇宙時間で、瞬間的とは何年ですか」と質問してみたんです。そしたら即座に「１００年」と返された。40年前に。あれから40年経ってしまったわけで、今世紀末には地球の気温が4度近く上がるといわれている。僕は、孫の時代が今、本当に心配ですよ。

ホーキングは神様ではないけれど、つまり宇宙には地球以外の惑星があって、そこには国があり、人が住んでいる。同じ原理で、その人たちも生きていますと。あれだけ宇宙についての認識があって、いわば永遠性のようなものをはっきりと肯定的に説いた人は他に知らないし、語った哲学者もいない。それとまったく同じことを、お釈迦様も法華経の中で説いているわけです。

曽野　私は、そういう意味でいったら、非常に女性的なんだと思うのですが、自分の見える範囲、可視的な距離がすごく狭いんですね。心理的にも。でも、それがとても大きな救いだと思っています。すべてが見えてしまったら、大変なことだと思う。

石原　それは、また謙虚な言い方ですね。

曽野　謙虚ですよ、私は。いろいろなことを知ると、謙虚にならざるをえないでしょう。だから意図的に謙虚になります。つまり能力の限度を知るわけだから。

石原　とんでもなく大きなことを考えたら、面白くないですか？　作家なんですから。

曽野　手が届かないところのことを書いても、しょうがないですよ。小説であって、大説ではないわけだから。石原さんは大説が書ける方なんです。

石原　そうかな。

「信仰を生きる」ということ

曽野　私が大説は書けない、あくまで小説家だと思うのは、自分が触れたものが縁だと思っているからです。世界というか、思想が。それ以外のことは、わからなくて当然なんです。

石原　意識的に？

曽野　意識的でなくても。この世で会わされたものも、たくさんありましたけどね。むしろ会おうと思っていないのに、たまたま遭遇したことのほうが多いかもしれない。こちらから行って取ってくる、ってあるでしょう。でもそういう行為をしないのに、自分の手に触れたものがけっこう多かったんです。ふらふら歩いていたら、触れられた。

石原 ふらふら歩いていたらとは、どういうこと？

曽野 自分の人生を歩きながら、触れたものを小説やエッセイに書いてきたということですね。書いているある瞬間に、なぜこういうものを書いているのかがわかったりすることが、いっぱいあるんです。それを神様の意図が働いているといってもよいのかもしれませんが。

石原 そういうことなら、僕もありますね。昔のアメリカの伝記映画に、ボクシングのワールドチャンピオンを描いた「Somebody Up There Likes Me」という作品がありましてね、邦題だと「傷だらけの栄光」というんですけど、直訳すると「上にいる誰かが私を好いてくれている。愛してくれている」。実際、僕もそんな気がしています。遭難して死にそこなっても、何度も助けられたりした。

曽野 Upなのよね、水平なところにはいない。どういうことなのかは、説明できないですけれど。

石原 よく運、不運、というでしょう。それは誰がコントロールしているのかわからないけれど、運が向いてきたというような時は、何かが、誰かが自分を見守ってくれた、愛してくれたというように感じる。それは神仏かご先祖かわからないけれど、確固たる何かがあるのだろうとは思っていますね。

曽野　私は視力が失われそうになったのに、それが以前にも増して与えられた時に、それをいちばん感じましたね。あれは本当に、奇跡のようなことでしたから。私に残りの人生をくださった存在があるんです。

　私がキリスト教を信じようと思ったのは、石原さんとはちょっと逆といいますかね、理論的ではなくて、私の周り、生活の中には、信仰を生きた人たちがいっぱいいたからです。それに触れた。

石原　え、信仰？

曽野　信仰を生きた。信仰のドグマ（教義）を生きた。ちゃんと、その通りに人生を生きた人がいました。

石原　信仰を生きた？

曽野　そう。

石原 それ、どういうことですか？

曽野 信仰を生きた、という日本語しかない。他に言いようがないんだけどなあ。

たった3行の書評との出会い

石原 話は変わりますが、知り合ってから長いけど、曽野さんが作家になろうと思ったのは、どういうことからだったのですか？ 聞いたことがなかったですね。

曽野 私は文壇というものがあまり好きではなくて、ほとんどつき合ってこなかったですから、そういうことはあまり自分からは話してないんです。書くことは好きで、小学生の時から小説を書き始めました。

石原 小学生、それは早いな。

曽野 ずっと書き続けて、高校生になった頃、母親が知り合いの同人誌に入れてやってくださいと頼みに行ったんですね。余計なお世話といえばお世話で、恥ずかしい話なんですけど。

石原　お母さんも小説好きだったんですか？

曽野　そうですね。俳句とか和歌を作っていた人で、私が小学生の間、作文の手ほどきをしてくれてまして、週に一回は書かされていたんです。

石原　それは才能をお持ちだったんじゃないですか。

曽野　けっこう、指導は厳しかったですね。でもそのおかげで、23歳の時に芥川賞の候補になりました。ただ母は文学の恐ろしさも毒も知っている人でしたから、小説家にしようと考えていたわけではないと思いますよ。

石原　候補になったのは、確か『遠来の客たち』でしたね。

曽野　ええ。それで、「新思潮」という同人誌に入った話ですが、入ってみたら皆、個性的で面白い人たちでした。本郷の安下宿をたまり場にしていたんですけどね。三浦もそこに出入りしていて、自然と親しくなったんです。

　当時、普通の文学青年は、文学論を闘わせてばかりいました。「新思潮」の人たちは皆書いていましたけどね。たまり場にはいかにも文学青年ふうに生きてる感じがあって、だんだんと嫌だなと思い始めたんです。私自身は書き続けていましたけど、芽は出ないし、ある日、もうもの書きはやめようと決心しました。

石原　やめようと思ったことがあった？

曽野　そう。その日ね、学校帰りに都立大学駅で途中下車したんです。そこには闇市のようなマーケットがあって、夕飯のおかずを買って帰ろうとしたんです。母の体が弱かったこともあったし、いろいろと事情があって、毎日、どこかでおかずを買って帰る生活をしていたんですよ。そこには魚も売っていましたしね。何の変哲もない実につまらない暮らしを続けていました。そうかといって、不服とも思っていなかったのですけど。

そこで面白いことがあったんです。書くことはやめるけれど、読むぐらいはいいだろうと本屋に入って立ち読みしていたのですが、見慣れない「文學界」という雑誌があった。ぺらぺらとめくっていたら、「同人雑誌評」というページがありました。ふと見たら、私の名前が出ている。自分の名前が知らないところで印刷されているのを、初めて見ました。3行ぐらいの評でしたけど、それで、10分前に立てた誓いをやめたんです。あれは劇的でしたね。

石原　それは運命ですな。あなたが言ってた、神様の意図ということでしょうね。

曽野　それはわかりません。

石原　そうか、面白いですね。曽野さんも「同人雑誌評」がきっかけだった。同じなんですよ、僕も。

曽野　あら、そうだったんですか。石原さんもずっと作家を目指していらした？

石原　いや、それは考えたことがなかったんですよ。本を読むことは好きで、ずいぶん読んでいたけどね。僕はフランス文学が好きだったので、京都大学の仏文科に行くつもりだったんです。フランス語の個人レッスンを一生懸命受けて、けっこう上達してたんだけど、親父が死んだあとに裕次郎が放蕩《ほうとう》しだしてね。あの頃の郵便局は、三文判でいくらでも出金してくれたからね。家の財産がどんどんなくなって、家が傾いた。

曽野　裕次郎さん、そうでしたか。

公認会計士を目指し、一橋大に入る

石原 そんな頃、親父の上司だった人から「慎ちゃん、君、将来はどうする？」と聞かれて、京大の話をしたら「文学部なんて就職できない、入ってもろくな給料もらえないぞ」と言われて、公認会計士になれとすすめられたんです。そうでないと家が潰れるぞ、ってね。

当時、大卒の初任給は1万3000円だったけど、「会計士になれば22万円の収入がある」と。それで「我が母校、一橋をすすめる」と言われたんです。

曽野 それも、ひとつの運命だったかもしれない。

石原 受験して、小平にある寮に入りましてね。寮生たちは皆、貧乏で面白いやつらばかりでしたよ。僕も貧しくて金がなかった。腹が減って、どうしても間食したくなってね。しかし15円しかなかった。菓子パンでいちばん美味しかったのはカレーパンだったんだが、12円もするんですよ。残りが3円だから、他には何も買えない。考えて10円のジャムパンと、５円だった甘食を買った。

曽野　よい寮生活だったでしょうね。

石原　皆、食べ物と性に飢えてた時代。今でも懐かしいですね。しかし会計士には向かないし、勉強も面白くなかった。その頃、のちに東宝の監督になった西村潔《にしむらきよし》という男に出会ったんです。彼は勉強家でね、僕の知らなかったユングとかキューブラー＝ロスとか、未知の世界、才能を教えてくれた。刺激を与えられました。

曽野　多感な時代に、いい出会いがあった。

石原　そうです。本当に人との出会いは不思議で、何かの力で出会わせてくれているように感じます。その彼に誘われて、伊藤整《いとうせい》や瀬沼茂樹《せぬましげき》らの創刊した「一橋文藝」という同人誌を復刊することになったんですが、原稿が１００枚ほど足りないから何か書いてみろと。穴埋めに書いたのが『灰色の教室』という初めての小説です。あれも運命でしょうね。ただ「一橋新聞」でボロクソに言われた。

　けれど曽野さんと同じで、「文學界」の「同人雑誌評」で浅見淵《あさみふかし》が激賞してくれたんですよ。ちょうど新人賞の受賞作が掲載されていて、それを読んだら、これなら俺でも書けると思って書いたのが『太陽の季節』、2晩で書き上げました。

曽野　あの作品は、一気に書き上げたことのよくわかる作品ね。

石原　字が汚いから、清書に3日かかって（笑）。もっとも、あまり清書にはならなかったですけどね。

曽野　そうでしたか、似ていますね。やっぱり作家を目指す人は、そういう岐路がどこかで来る。進むか、引っ込むか。

石原　それで芥川賞を受賞して、世に出ました。その印税といっても、わずかなものだったけれど、母親に電気洗濯機を贈ったんです。父が亡くなったあとはお手伝いさんもいなくて、息子たちや、僕らの友達から山のように出る汗臭い服を、風呂場の洗濯板で腰をかがめて、ごしごし洗っていましたからね。ようやく親孝行できた、作家というのもなかなかいいな、とうれしかったものです。

曽野　私もそのあと、何とか本が売れるようになって作家としてやってこられました。神様に見つけていただいたか、私を見て買いかぶってお仕事をくださったかのどちらかです。しめしめ（笑）。あれからもう60年以上経ちます。

「仮の死」を考える

石原　曽野さんの行っていた学校ですと、たとえば修道院に入る、修道女の道に入る人たちもいるのでしょうが、そういう気持ちはなかったのですか？

曽野　私は、最初から到底なれないと思っていました。というのは、こういう話はあまり言わないほうがいいのですが、たとえばフランスで植民地主義がさかんだった頃、神父として未開の地であるアフリカに行く場合、カトリック教会が「行きます」というサインをさせるそうなのですね。そこにラテン語で「死を覚悟して」という一語を入れさせたそうです。すると、アフリカに行く志願者が増えたというのです。

　普通なら危険な地だったら行きたくないと思うのが人間なのでしょうけど、危険だからこそ行くという意志ですね。その気持ちが、ちょっとだけ私はわかるような気がするんです。それほどの生き甲斐というか、死に甲斐といいますか。

石原　死に甲斐、か。修道院に自分を閉じ込めるということですか？

曽野 いえ、修道院というのは閉じ込めるというのではないんです。神に呼ばれて現世で仕事をするということのようです。

石原 呼ばれる？

曽野 誰かに呼ばれた。修道女になった人もそうです。私の周りでは10人以上、修道女になった人たちがいますが、「街角で呼ばれた」と言う人がいた。なぜ修道女になるのかといった理由は、いちいち尋ねることはしないんですけど、私は図々しく聞いてみたんです。そうしたら、「呼ばれた」と答えた。「Calling《コーリング》」というのですが。

石原 それは実際に耳にした、ということ？ いわば神様の声を。

曽野 わかりません。でも、現実に聞こえた、ということではないでしょう。しかし、心の声は聞こえた。それで行ったほうがいいと思ったから、行ったというんですよ。

すごいことですよ、一生、修道院で過ごすということは。私はシスターたちが行った、修道院というものから学んだといってもいいですね。

石原 修道院で暮らした経験もあるんですか。

曽野 いいえ。ただ聖心という学校には「黙想会」という会がありましてね、３日間、学校へ泊まり込むんです。そして、その３日間は誰とも喋らない。

石原　それは、どういう意味を持つものなのですか？

曽野　仮の死を考えさせるのでしょうね。それを語る相手は神だけ……。

石原　仮の死？　まったく誰とも喋らずに、ですか。

曽野　そうです。やることが決まっているんです。何時に起きて、顔を洗って、ご飯を食べて。鐘が鳴るとお祈りをして、神父様のお話を聞いて、また祈って……と、それを繰り返すんです。

石原　どういうことが得られるのですか。

曽野　わかりません。人によって違いますから。

石原　修道院というところは、自分の意思で入るんだろうけど、世の中から逃げ込むように入る人もいるんでしょう？　身を隠すように。

曽野　それは世間でいう修道院の観念なんです。現実は全然違いますよ。シスターたちは何かのエキスパートでしてね、ＰＴＡの会長みたいな性格の人も多いんです。昔の横丁の金棒引きのおばちゃんみたいなね。それから、ユーモラスな人格でないと、むしろ修道院では続かないみたいですよ。

私がアフリカに時々行って、日本の食べ物、お米とか醤油《しょうゆ》とかライスカレーの素とか、つくだ煮とか……持てる範囲で持っていくでしょう。すると向こうにいる日本人のシスターの間で争奪戦になるんです。そのやりとりが自然ですごく楽しいんですよ。「あなた、私の分まで持ってったわよ！」とか、通俗的なの。そういう方たちなんです。

石原　それは意外だな。修道院というところは一度入ると、もう出られないのですか。

曽野　出られますよ、いつでも。誰も止めませんし。ただし退職金はないそうです（笑）。

石原　バルザックの『ランジェ公爵夫人』という小説があったでしょう。夫人が失恋して修道院に閉じ込もってしまって、主人公と仲間12人で救い出して船に乗せる。でも彼女が死んでしまって、死んだら終わりだと言いながら海に放り出すという、何とも後味の悪い作品でしたがね。

曽野　それは小説ですね。小説ですから何を書いてもいいんですけど、実際はいつでも出られるんです。「今日、出ていきます」と言われたら、修道院は決して止めません。

人生には運命としか言いようのないことがある

石原　そういえば僕の知り合いに、許嫁《いいなずけ》の病気の診断をまちがえて、死なせてしまった医者がいるんですよ。それで、彼は鎌倉の建長寺のお坊さんになろうとしたんです。僕がある用事で、その寺に行った時にね、縁先で男が座禅のようなことをしている。よく見たら、その彼なんですよ。そこのお坊さんに、彼は何をしているのか聞いたら、「ああ。庭詰めしている」と言う。「庭詰めってなんですか」と問い返したら、３日間だったか、じっと頭を下げて座り込み、入門を懇願し、許可を得たら、弟子になれるというんです。

それからしばらくして、うちの法事をやった時に、何人かのお坊さんの中に彼もいたんです。終わって食堂でちょっとした食事とお酒でごちそうするんだけど、お坊さんたちもそれをけっこう楽しみにしている。終わってから海岸に出て、彼とふたりで話をしたんですよ。

「君、坊主になってお経を上げたって、人の役に立たないかもしれんぞ。君も苦しかったろうが、医学っていう道に進んだんだから、医者に戻ったらどうだ」と言ったら、それで何かを思ってくれたのか、やっぱり医の道に戻っていった、ということがありましたね。

それも、やっぱり呼ばれたということなのかもしれないと、今聞いていて思ったんだけれど。結局、もともとの道に戻っていったということでしょう。すると、呼び戻されたとも考えられるのか。それも神の意思ということですかね。

曽野 私は仏教のことはわかりませんけど、その人に与えられた道ということだったのでしょうね。

石原 そうすると、僕にしても曽野さんにしても、「同人雑誌評」の、たった数行を目にしたことが運命であったという気がしますね。僕自身はあの時に、運命に左右されたと確かに言える。

曽野 そういうことだったと私も思います。

石原 小説は人生にとってのいわば〝毒〟です。教科書ではない。こういう感性の表現をする仕事をやってこられたのは、本当に幸せです。

曽野　人困らせではない仕事ですから。

石原　それは、どういう意味？

曽野　人を困らせない仕事。たとえば投資して誰かを巻き込んで損をすると大変なことになるとか、そういう仕事ではない。極めて個人的で内面的な仕事でしょう。私は、そうやって与えられた運命を、素直に受け入れて生きてきただけな気がします。

石原　あなたに与えられた運命って？

曽野　作家として生きるということを含めて、私の生き方のすべてですよ。やはり与えられた運命としか言いようがないんです。とても小さなことも含まれますから説明できない。別に日本の文学をよくしようとか、そういう大それたものでもありません。何となく私が置かれた居場所があって、そういうポジションを仕方なく歩いてきた。いちいち述べるようなことでもないんです。

石原　運命を総体的には、どう捉えているんですか？

曽野　日本に生まれたとか寒がりだとか、あらゆることを含めて考えています。それを受け取って生きていかなくてはならない。途中でやめるとか改変するとかは、あまりで

郵 便 は が き

料金受取人払郵便

代々木局承認

6948

差出有効期間
2020年11月9日
まで

1 5 1 8 7 9 0

203

東京都渋谷区千駄ヶ谷 4-9-7

（株）幻 冬 舎

書籍編集部宛

1518790203

ご住所　〒

都・道
府・県

フリガナ

お名前

メール

インターネットでも回答を受け付けております
http://www.gentosha.co.jp/e/

裏面のご感想を広告等、書籍の PR に使わせていただく場合がございます。

幻冬舎より、著者に関する新しいお知らせ・小社および関連会社、広告主からのご案内を送付することがあります。不要の場合は右の欄にレ印をご記入ください。

不要 □

本書をお買い上げいただき、誠にありがとうございました。
質問にお答えいただけたら幸いです。

◎ご購入いただいた本のタイトルをご記入ください。

『　　　　　　　　　　　　　　　　　　　　　　　　　　』

★著者へのメッセージ、または本書のご感想をお書きください。

●本書をお求めになった動機は？

①著者が好きだから　②タイトルにひかれて　③テーマにひかれて
④カバーにひかれて　⑤帯のコピーにひかれて　⑥新聞で見て
⑦インターネットで知って　⑧売れてるから／話題だから
⑨役に立ちそうだから

生年月日	西暦　　　年　　月　　日（　　歳）男・女			
ご職業	①学生	②教員・研究職	③公務員	④農林漁業
	⑤専門・技術職	⑥自由業	⑦自営業	⑧会社役員
	⑨会社員	⑩専業主夫・主婦	⑪パート・アルバイト	
	⑫無職	⑬その他（　　　　　）		

このハガキは差出有効期間を過ぎても料金受取人払でお送りいただけます。

ご記入いただきました個人情報については、許可なく他の目的で使用することはありません。ご協力ありがとうございました。

きないんです。できるという人もいますけど、私は受け止めて、できるだけ大騒ぎをしないようにして生きてきた。そうしているうちに、やがて「ミッション・コンプリート」（任務完了）となる。そう思っています。

石原　運命主義者ということですか。

曽野　そうでしょうね。別に死ぬことにおいてだけではなくて、すべてにおいてですね。石原さんがものを書いたり、私が書いたり、こんなところでぐじゅぐじゅ話をしていることも含めて。

運命を変えるべく努力してもいいのですけれど、ひっくり返せない部分はあるだろうと思っています。ただ、石原さんが持っていらっしゃる、運命に対する〝力〟と、私が持っているものとは、まるで違うかもしれませんけどね。

石原　それは、どうでしょう。

曽野　もっとも、運命などはないですという人たちがいても、よいと思います。ただ何が与えられるかわからないし、与えられたものをそのまま受け取って、面白がって生きるのもいい、と私は思っているんです。

人にはそれぞれ才能が与えられている

石原　僕も、作家という仕事は与えられたものだったと思いますね。それぞれの人にそれぞれの職業があって、それは定まったものだろうか、と思ったりもしますね。

曽野　ええ、英語でいう「Vocation《ヴオケイシヨン》」。天職ということですね。自分が好きなことはあるけれど、それとは別に、天職に就くような才能がめいめいに与えられている。私はわりと信じているんです、そのことを。信じていると楽なんですね。

　だから職業の平等ということも、わかりますよね。たとえば外科医なら、命を助けるために仕事をしている。医術で命を救うことなど私にはできません。そして私が大工さんのように家を建てられるかといったら、それもまったくできません。ロビンソン・クルーソーみたいになったら、私など、もうどうしようもない（笑）。

　だから、皆が大事なのです。それぞれが、神様の希望を果たしているわけです。もっとも小説家なんぞは、希望を果たしているとも思えませんけどね。でも、読んでくださったどこかの誰かが「うん、うん」と、ささやかにうなずいてくださっている、そんな光栄もあるかもしれないと思うのです。

石原　僕は新しい主題が見つからなくなったら、どうするか。それを考えると怖くてね。脳梗塞をやってから、余計に恐怖になっているんですよ。

曽野　主題というものは見つかるまで、わかりませんからね。でも、書いても書かなくてもいいではないですか。執念で書き続けることもできるでしょうが、私は書くのも、やめるのもいいと思っています。それは外側が決めることではないし、外側からは何も言えない。その人が選ぶのだろうと思います。

　これからどうするのか。選ぶ才能というのは、すべての人が持っているような気がしてならないんです。何よりその人が生きた、ということがいちばん大切でしょう。

石原　僕は生涯、書き続けたいな。

曽野　私は書かなくても、最低限、食べられるものが多少でもあって、好きなことができればいいです。私は世界各地で、あまりに貧しい人たち、今晩の食べるものをどうしようといった人たちを見てきていますからね。修道院に泊めてもらっていると、夜中によくベルが鳴る。「薬屋さんで、アスピリンを買うお金がないから貸してください」と頼みに来るんです。修道院だって相当貧乏なんですけどね。でも、石原さんはずっとお書きになられたらいい。

石原　しかし、アフリカならアフリカで、長く続く残酷な状況がね、文明を享受しだして解消されていくことが、いいことかどうかわからない。星空を見なくなるような生活が。

曽野　もちろんそうですけど、生きてないと星空も見えないから。目の前の不都合がなくなるということが人間はいちばんうれしいですから、難しいですね。

石原　世界の問題は山積みです。

曽野　なくなることはないんでしょうね。

運命を司っているのは誰か

石原　僕はこれまでの作家生活を振り返ってみますとね、唯一、文学で嫌な思いをしたのが、政治の世界にいた時なんですよ。文学界にあって政治家という職業は、ものすごく嫌われて軽蔑されましてね。政治家ふぜいが、っていう感じですよ。よい作品を書いても、書評の対象にすらならなかった。それで僕の文学は、ずいぶんと損をしました。
たとえば『遭難者』というね、いくつかの作品集の中でも非常に密度の濃い作品を出した時には、たまたま金丸信《かねまるしん》と小沢一郎《おざわいちろう》の金銭のスキャンダルがあって、割をくった。その本の書評は一行も、どこにも載らなかった。そういうものです。別に賞はもらってももらわなくてもいいんですが、自分の作品に対して非常に申し訳ないという気持ちだったな。

曽野　同業として、その思いはよくわかりますね。しかし見る眼のない人にわからなくてもいいじゃありませんか。おそらく石原さんのでも私のでも、本当のファンは黙っているものなんでしょう。

石原　作家として成熟していった時期に政治の世界にいて、バランスをとるのは難しかったということですね。早稲田大学の森元孝《もりもとたか》教授が『石原慎太郎の社会現象学　亀裂の弁証法』という本を書いて、私の作品を評価してくれましたがね。しかしまあ36歳からだったか、辞職するまでの46年間、政治の世界を歩いたのも、運命だったのかもしれません。

曽野　そうですね、政界というある意味、特殊な。

石原　それにしても運命というのは、人との出会いや別れも含めて、いったい誰が司っているのかということはよく思いますね。こうもさまざまなことを経ながら生きてくると、何かの力が働いているとしか考えられないようなことが起こる。曽野さんは運命そのものを、どう捉えているのですか。

曽野　カトリックの世界には「God's will」という言葉が常にあって――つまり神様の思《おぼ》し召しということね――、神様に思し召しなんかされても困るという人もいますけれど、私は「God's will」だと思うことにしています。私は、こうしたいとかああなりたいとかを神様に登録するんですよ。それを聞き入れてくださることもあれば、聞き入れてくださらないこともある。そういう感じでしょうか。

8割ぐらいは運命に流されて、2割ぐらいを自分で舵《かじ》をとって、というのがいいんじゃないかと思います。私は2割くらいは自分で舵をとりたいから。

石原　いやあ、僕は、思し召しがあるとしても、10割、自分で舵をとりたいですね。全部、自分でやらないと気が済まない。

曽野　石原さんのような運のある方は、それもいい。受け止め方は、本当にそれぞれです。ただ、私は神という存在なしでは、人間の存在もないような気がするのでね。

石原　僕は仏教徒で、「教義」としては法華経にすべてがあると確信し、信頼している。しかし曽野さんのようにひとつの深い信仰を持っていると、いざ死ぬ時が来ても、ジタバタすることはなさそうですね。

曽野　わかりませんよ、それは。ジタバタするかもしれません。してもしなくても、それなりに面白いじゃないですか。その日までわからない。ですから、もうここでだめだとか、これで救われたとか捉えないようにしようと考えています。私の運命をお決めになるのは、最後まで神様だと思っていますから。

第三章

「老い」に希望はあるのか

夫を自宅で看ようと決めた時

石原　三浦朱門さんが亡くなられて、3年が経つとか。

曽野　そうです。２０１７年の2月ですね。陽ざしのきれいな朝でした。

石原　病名は何だったのですか。

曽野　間質性肺炎と言われました。肺機能の変質で治らないと言われましたけど、高齢で体力が衰えていたということだと思います。老年の死因で肺炎は、いちばん多いんじゃないかしら。亡くなる2日前に見せていただいたレントゲン写真の肺は、もう真っ白でした。

石原　それまでは、お元気でおられた。

曽野　5年ぐらい前にね、時々転ぶことがあって、おデコに青あざを作るようになったんです。誰かに聞かれると、本人は「女房に殴られたんですよ」とうれしそうに言う。青あざで楽しんでいましたよ。

でも気になるので、一度、検査を受けてみようと入院したんです。その時は特に異常はなかったんですけど、入院中にあの元気だった人が、精神的な活動というのか、みるみる衰えていくのを感じましてね。これはよくないと思って、家に連れ帰りました。その時の夫の喜びようはすごかったですよ。

石原　それは、よくわかります。僕も退院して自宅のベッドに横たわった時、しみじみとしましたからね。

曽野　住み慣れた家で、好きな本がたくさんあって、ちっちゃな庭の野菜畑もあって、そこに小松菜が生えてるの。そういうのを眺めてうれしそうな顔をするから、これから先、介護の必要が出てきても、死ぬまで自宅で看《み》ようと思いました。それから最後の入院をするまで、1年と3カ月を自宅で過ごしました。

石原　家族として、大変なことはありましたか。

曽野　いえ、介護をするという、ありふれた仕事をしただけですね。トイレまで車椅子を使って自分で行きました。それまでの夫はかなりの期間、近くの本屋に毎日一度自分で歩いて行けたんです。何より読書が大好きな人でしたからね。私はこの先、長い介護が必要になるだろうと考えていたのですけど、私自身が苦しむほどの無理はすまいと決めていました。それは、母を介護した経験からだったのですけれどね。

介護は家族だけで背負ってはいけない

石原　それはどういう？

曽野　介護は今、日本中の問題でもあるわけですけれど、家族の者だけがすべてを背負おうとすると、疲弊します。自己犠牲の度が過ぎると、必ず体に支障が出てきたり、この人のせいで自分の生活が犠牲になってるとか、恨みがましくなるからです。私はそう思って、できるだけ自分自身の生活のペースを保ちながら、〝片手間〟で家族の面倒を見ようと思ったんです。

石原　そういう余裕は必要でしょうね。切迫してばかりだったらストレスとなって出る。

曽野　夫は、最後のほうは車椅子を使ったのですが、幸いうちは50年ほど前に建てた時から、介護のしやすいような設計になっていました。敷居というものの一切ない家にしてあったんですが、これがとても具合がよかった。夫はそれで、気兼ねなくひとりで家の中を動けました。

それに昔、まだ私が50代の頃に、目や体の不自由な人と聖書の地を訪ねる旅のボランティアを一緒にしていましたから、自分が年老いて車椅子生活になったとしても、扱われるのがうまいという自負も少しあったみたいですよ。

石原　福祉関係の手も借りられた。

曽野　ええ、息子夫婦と看護師の知人に相談をしましてね、時々はショートステイという、短期の宿泊をお願いすることにしたんです。家から近い有料の老人ホームが引き受けてくれました。この施設の看護師さんたちは、専門家としても人間性も素晴らしくてね。優しくしてもらって、夫はかえって元気になったくらいです。

あとからですが、夫はあやしげな手相見をしてあげたり、いろいろと昔話をしたりして、ずっとなごやかだったと聞きました。

石原　それは、いい時間でしたでしょうね。

曽野　本当に感謝しています。そんなふうに過ごしていたある日に、家で血中酸素量がものすごく下がってしまった。急いで救急車で病院に運びました。入院してからすぐ、末期医療の看護を受けました。

石原　救急車で運ばれた時は、昏睡《こんすい》状態でいらしたのですか。

曽野　いえ、意識はありまして、数日はショートステイと同じように、看護師さんたちに冗談を言っていたくらいでした。「ありがとう」を何度か言っているうちに、「ありが十」「ありが二十」「ありが四十」などと言って、笑ってもらえるのがうれしかったようです。夫なりの周りの人たちへの感謝の心が込められていましたね。

石原　僕も、それは決めているんです。自分が逝く時には、「みんな、これまでありがとう」と言おうと。

「ありがとう」は感じのいい日本語

曽野　それはいいですね。夫は普段からよく、「ありがとう」と言う人だったんですよ。ちょっと物を取ってあげたとか、そういった程度のことですけれどね。世の男性たちも、そのように口にすればいいんですよ。会社の社長さんだって、社員にもっと「ありがとう」と言えばいいんです。

石原　日本の男たちは、なかなか口にはできないですな（笑）。

曽野　ですからね、子供の頃から感謝を口にするように、母親が教えればいいんですよ。感謝する心を表現することは本当に大切です。年老いた時、利己的で不機嫌なお爺さん、お婆さんでいたなら、施設や病院だって対応に困りますよ。明るくして周囲にも気を配れる老人ならば、大変な現場であっても、周りも楽しく過ごせますし、何より人として互いに尊重し合えるじゃないですか。

石原　「ありがとう」というのは、本当に感じのいい日本語だと思いますね。

曽野　ええ。たびたびアフリカの話になりますが、日本人は若いうちは歩けて当たり前と思っています。食べられることも、排泄《はいせつ》できることも当たり前。年老いて、それらができなくなっても、雨風をしのげる屋根の下で過ごすことができる。でも、アフリカの国々は、国民健康保険やら生活保護法やら……身を助けてくれる保障などないところが多いわけです。この豊かな国で当たり前と思っていることを、我々は感謝しなければならないと、夫の入院していた数日間にあらためて感じました。

石原　入院中は、ずっとつき添われた？

曽野　ええ、つき添いは私じゃないとだめだと言うのよ。意外でしょ（笑）。幸い、空いていた個室にはソファがあって、私はそこで最後まで寝起きしましてね。夜中に加湿器のタンクに水を補給したりしながら過ごしました。

石原　仕事は大丈夫だったのですか。持ち込まれて？

曽野　いえ、幸運なことに、迫った締め切りもなかったんです。私はけっこう若いうちから、自分の仕事を収束していく時期のことを考えていて、調整してきましたから。

石原　それはすごいな。僕は考えたこともないですね。無理にでも書きたい人間ですから。

曽野　若い頃は書くことはもちろんですが、講演会や、雑誌や新聞の取材を受けたり、対談があったり、テレビやラジオに出ることもたまにありましたし、取材旅行にも行って、すごく忙しくしていることもありました。

それで、ある時に自分で決めごとを作ったんです。講演は1時間半まで。すっと立っていられなくなったらお断りするとか、体調がよくない、頭がボーッとした状態でインタビューを受けることはしないとかですね。

それで6年前からは年齢を考えて、さすがにご迷惑をおかけするわけにはいかないと思って、地方への講演旅行もやめにしました。

石原　確かに高齢になったら、対外的な仕事はセーブしていくのが賢明かもしれませんね。しかし、それを若いうちから考えていたというのは驚きですね。曽野さんの生き方が見えるようです。

夫と過ごした最後の9日間

曽野　これは石原さんも同じでしょうが、締め切りまでの段取りにも慎重にならざるをえない。今、ふっと思い出したのですが、新聞小説を書いていた時にね、最終回の締め切りまであと5日しかないということがありました。それで珍しくホテルに入って書くことにしたんですけどね、ホテルに泊まる時はよくプールで泳ぐんですよ。泳ぎは下手なんですけど、運動不足解消のためにね。

その時にばったり川端康成《かわばたやすなり》さんとお会いして、プールの話をしましたら、「競泳しましょうか」と言われたことがありました。

石原　え、川端さんって泳いだんですか。水泳するなんて想像つかないな。

曽野　泳がれたのでしょうね。でも、その時は締め切りを考えるとギリギリでしたから無理で、ご一緒しなかったのですが。やはり何をするにしても、これを書き上げてからじゃないと、というのは常にあったし、今もそうですね。

ちょっと余計な話をしてしまいましたけど、夫と過ごした最後の9日間は、夫と私に神様が贈ってくださった、優しい特別な時間だったと思います。それだけの期間、どこへも行かずにそばにいられた。幸運を与えていただいたと思いますね。

石原　三浦さんも幸せでしたね。最後まで苦しまれることはなかったんですか。

曽野　何日か経って、夜中に苦しそうになった時がありましたけど、看護師さんが来てくださって、点滴の薬に何か入れるの。あれは麻酔薬のようなものだと思うんですが、それでまた楽になって。何回かそれがありましたが、まったく苦しむことなく最期を迎えました。

亡くなる少し前にね、看護師さんから「もうすぐお話ができなくなりますから、今のうちにお話しなさってください。言い残されたことがありませんように」と言われたのですけど、「63年間、ずっと喋り通してきましたから、喋り足りないことは何もないんです」と笑いました。

人と人が話すのは、生きるうえでの基本

石原　それは、夫婦の理想の形なのでしょうね。

曽野　夫婦もそうですが、私は人と人が話すというのは、生きるうえでの基本だと思っ

ています。私の知り合いにアメリカで仕事をしている男性がいるのですが、日本にいる母親ががんの手術をしたあとに転移して、もう長くはないと病院から連絡を受けた。彼は忙しい中を帰国して、それまでは親戚の人にまかせていた母親を、入っていた病院からホスピスに移す手続きをしたんです。

石原 ホスピスのことは詳しくないけれど、末期医療を施しているところですね。

曽野 ホスピスには規則がないんですよ。いつでも見舞いに行けますし、泊まるためにベッドを借りることもできるんです。24時間、いようと思えばいられる。ペットも連れて行けますしね。

　彼の申し込んだホスピスは、1階に喫茶店があって、コーヒーのいい香りが漂っているというのです。

石原 それはなかなか、いい環境ですね。死を目前にしても、これまでの日常のように暮らせる。それがいちばんです。

曽野 本当に。でもそこがいっぱいで、入るまでに5日間、待たなくてはならなくなったというんです。5日後に、彼は仕事でどうしてもアメリカに戻らなければならなくて、

「ヘンな話ですけど、どなたかが亡くならないと入れないんですね」と言っていました。無残なことですが、そういう状況は今、どこにでもありますよね。

でも、そのホスピスは、何とか5日を待たずに部屋を用意してくれたというんです。彼は3日ほど待ったと言っていましたが、とにかく泊まり込んで最後は母親と過ごせた。電話をくれましてね、「ふたりで思い出話をたくさんしました。もうこれ以上は思い出せないくらい、話したねって言って。母も僕も、これで思い残すことはないだろうと思います」と。

彼は予定通りにアメリカに帰って行ったのですが、この世での最後の別れに、親子でとてもいい時間が持てたのだろうと思います。

話すということは、とても重要で幸福なことです。その母親は、彼が飛行機に乗っている時に亡くなったそうです。

石原 そうでしたか。帰路で。

「これが最後」と覚悟しながら会う

曽野　もうひとり、私の知人の女性の話をしていいですか。

石原　どうぞ。

曽野　彼女にはやはり、年老いた母がいて、入院していました。彼女は見舞った時に母親を病院の車椅子に乗せて、屋上に連れて行った。4月で、屋上からは東京にもこれほどの桜があるのかと思うほど、見事な桜が眺められたというんですね。

　ふたりでしばらくその光景を眺めて、病室に戻った。「明日も、また来るからね」と言って病院を出て、彼女が家に帰った時に、母親が急変して亡くなった、という知らせを受けたと聞きました。

　あとからその人は、「母は死の瞬間を見せたいと思っていなかったし、自分も見たくなかったような気がする」と言っていました。そういう気持ちを抱くことも人それぞれにあるということは、わかるような気がしました。急な死だったかもしれませんが、ふたりで桜を見られたという時間は永遠のものでしょう。

石原　それぞれの別れですね。思い残しのないことが、心に平安をもたらすのでしょう。曽野さんは、三浦さんが亡くなられた時はどのような気持ちだったのですか。

曽野　それは、極めて日常的でした。眠ったまま逝って……。ある日、死んだという。私の気持ちも穏やかでいられました。息子もあの逝き方を見て、「悪くないね」と言っていましたね。今、イギリスで暮らしている孫も帰ってきて、別れができました。

　数年前、彼がロンドンに発つ日に、夫が言っていたんですよ。「祖父《じい》ちゃんが死にそうになっても、もう帰ってこなくていいぞ」って。私はそばで聞いていたのですが、本当にそうだと思っていました。人はいつも、これが別れの日になってしまうかもしれない、ということを覚悟しながら生きなきゃいけない。そういう意識が必要ではないかと思うんです。

石原　それはそうですね。人間は往々にして、いつでも会えると思いがちですから。そのあとの喪失感については少し聞きましたけれど、日が経つにつれて寂しくなったりとかするものですか。

曽野　喪失感というものとは違うかもしれませんが、寂しさはありました。夫は私を、心理的に守ってくれる存在でしたから。いってみれば私は、夫というミノの中にいたミノムシのようなもので、その殻が剝がれてしまったようには感じましたね。
　でも、まだ意識がある時に、「僕は知壽子《ちずこ》（曽野さんの本名）を裏切ったことはないよ」と、マジメに言ったことがあって、あの言葉は胸に残っていますね。

延命治療は、やらない

石原　結婚生活は、ずいぶん長かったんですよね。
曽野　私は22歳で結婚しましたから、63年間でした。十分ね。
石原　それはすごいな。といっても、うちも長いですけどね。妻も出会った頃は花のような少女でしたけど、すっかり老いました。もっとも、僕も同様ですけどね。これからも互いに老いを受け止めつつ、生きていくしかありません。

しかし裕次郎のように、苦しんで逝くということがなくてよかったですね。あの様子は今、思い出してもつらい。病院のスタッフが泊まりがけで熱心に看てくれていたのはわかったが、過剰看護がいかに残酷かを感じましたね。

曽野　私は、夫が入院する時に、書類にあった、むだな延命を拒否するという条項にマルをつけましてね。これは本人の意思でもあったんです。

私がまだ中学生の頃ですけれど、尊敬する老医師から教えられたことがありました。人の最期にやってはいけないことは、点滴、または胃ろうで延命すること、気管を切開すること、酸素吸入の３点だったんです。私たち夫婦は、老後には一切の延命治療はやめようと話をしていました。

石原　それは、いつ頃話し合ったのですか。

曽野　50代くらいからですよ。

石原　それで入院の時に、書類にサインをした。それが、曽野さん夫婦にとっての選択だったということですね。

曽野　このところ、エンディング・ノートという言葉がはやりだして、生前に身の回りの細かいことを書いておくようにすすめるとかよく聞きますが、私たち夫婦は昔から、大事、小事全部よく話してきて、老後どうするのかといったことも、自然な形で話して受け止めていました。特別なことではなくて、家族は日常的に、当たり前のように話していいのに、それをしないじゃないですか。やはり、「死学」というものが必要ではないかと思いますね。

石原　僕は延命措置というのは、何というかな、周りの人間たちの自己満足のように思うんです。

曽野　自己満足かどうかはわからないけれど、周りの人間のためという面が大きいでしょうね。ある程度してあげないと、かわいそうだという気がしてしまうと聞きますね。措置をしてあげなかったと、あとを引く方もいるかもしれない。本当の愛情とは何かを考えさせられます。私自身は、もっと割り切る性格ですけど。

人間の一生は「永遠の前の一瞬」

石原　安楽死については、どう思われますか。これからは、望む人の登録という制度のようなものがあってもいいと僕は思うんですが。弟の死に直面した時に思ったんです。賛否は必ずあるでしょうけどね。

曽野　日本は今、初めてこのような超高齢社会を迎えているわけですから。どう充実して歩んでいくか。その姿をこれから開拓して、見せていかなくてはならない時期が来ているということでしょうね。過剰延命措置や安楽死という考えも、そのひとつの課題だと思います。

ただ私自身は、自然な命を大切にし、それ以上は望まないほうがよいのではと思います。やはり何か偉大なものが、死を含めて采配していると感じるんです。できれば死というものを、他人であれ自分自身であれ、この世から去るべき時が来た、と淡々と捉えたい。

石原　しかし、若くして死んでいった人たちなどは、無念だろうと思いますね。特攻隊のこともそうだが、病や、何か突然のことでこの世を去る。理不尽というか、不条理というのか。裕次郎だって、まだまだ若かった。

曽野　その人にとって理不尽でない死なんてないかもしれませんね。私は今日死んでも「理尽」だけれど。私には子供の頃から聞いていた、人間の一生は「永遠の前の一瞬」という言葉が、いつも胸にあるんですよ。よくても悪くてもたいしたことはない、よくても喜ぶな、悪くても深く悲しむな、生きていても有頂天になるな、自分の一生は失敗だと思うな、「永遠の前の一瞬」なんだから、と。

人生に深く関わってくれた者だけで送る

石原　三浦さんのお葬式は、どのようにして行ったのですか。

曽野　自宅で、夫が最後の1年余りを過ごした部屋で、20人ほどで行いました。ヒミツ葬式ですね。わずかな血縁と、あとはすべて夫の人生に深く関わってくれた人たちです。吉村作治さんや夫の高校時代の友達も来てくださいました。私が75歳で足首の骨折をした時には、その友人の、医師のご子息が勤務する昭和大学に救急車で運んでいただいたんです。ずいぶん複雑に折れたものですから、接いでいただいてね。

　そのことをきっかけに、その後、「昭和大学マダガスカル口唇口蓋裂《こうしんこうがいれつ》医療協力」プロジェクトというものができて、形成外科の先生が、辺地医療のために尽くしてくださっています。貧しい家庭の子供は、兎唇《みつくち》で生まれても、健康保険に入っていないし、お金もない。お医者様にかかれない場合がありますしね。手術の技術も必ずしもうまくない。

　道で南京豆を売っているという男の子は、火傷で指が曲がっていた。手術でまっすぐになったら、豆がうまくつまめるようになって喜んでいました。その時の担当医が行くと、その子が駆け寄ってきて、父親みたいに慕って、そばを離れないのよ。ドクターはフランス語を喋れても、マダガスカル語はできない。男の子は、フランス語を喋れない。ふたりは意思の疎通ができないんだけど、ただ陽だまりにずっと並んで座っている。

石原　素晴らしいな。それも出会いというか、曽野さんのケガが縁で始まったということですね。

曽野　本当に感謝です。お葬式で、私の知人である、ボリビアに赴任していらっしゃる倉橋輝信神父様がちょうどその日にいらして、家族だけでミサをしていただいて、ありがたく思いました。お正月に帰国なさると、うちにお招きして食事をご一緒していた間柄なんですよ。夫の体調が悪くなって、「朱門に万が一のことがあったら、お願いします」と言っていたんです。

　誰にも知らせないヒミツ葬式でしたから、玄関の外に葬儀を知らせる紙も出さず、もともとカトリックですから仰々しい祭壇もありませんでした。

石原　ずいぶんひっそりと行われた。まあ今は昔と違って、葬式の形もずいぶん変わってきているようだけど、それはどういう理由からでしたか。

曽野　出版という、ものすごく忙しい業界にいる編集者をはじめ、いろいろな場所で多忙な日々を送る方たちを自分のことで煩わせたくないということがひとつ。そして本当に心の通じ合った人たちと送ってくれれば十分だとかねがね思っていたらしいです。かつて義父母と私の母も、そのようにして送って、それがとてもよかった。それが我が家のお葬式の形となりました。ごく親しい人と共に、普段と同じように静かに送りたかったのです。

夫は、かつて私の母が亡くなった日、私には地方での講演の予定があったのですが、「自分の家の事情で、世間に迷惑をかけてはいけない。普通に生きればいい」と言いました。そうだなと思って、母の亡くなったことは誰にも言わず、講演に出かけました。

私は夫が亡くなった1週間後も、前から予定していたオペラ鑑賞に行きました。一般的には喪に服すという時期かもしれませんが、彼なら「オペラに行かなかったら、僕が生き返るのか?」と言うだろうと思ったからです。命というものは、誰かの死とは関係がなく、続いていくものです。

棺の中で着る服を準備

石原 キリスト教のお葬式というのは、どういうことをするのですか?

曽野　とても簡素といいますか、お棺の前に十字架と蠟燭《ろうそく》と、故人の好きだった花を置くぐらいのものです。仏教のような約束事はあまりないんです。私は普段、夫が着ていたセーターとズボンを着せました。セーターは前に秘書たちから贈られて、本人が気に入っていたものです。

石原　それは、また大変にラフですね。

曽野　うちでは死は特別なものではなくて、日常の繋がりの中にあるものという考えなんです。ですから棺には、夫が毎朝、読むのを楽しみにしていた新聞を入れました。

　でも、私はあの棺というものがあまりよくない、死を塞《ふさ》いでいると思うことがあります。人間はそれこそ砂漠にそのまま寝かせるようなことができれば、いちばんいいんだろうなと思います。それでこそ人の死は仰々しいものじゃなく、自然にやってきて、逝くんだとわかる。

石原　なるほど、死を塞ぐね。

曽野　でも現実には、それをするわけにはいきませんからね。日本国家の通俗、習慣に倣《なら》わなければならないから。私も自分の死に備えて、その時に着せてもらう衣類は用意してあるんですよ。

石原 ほう。準備してあるんですか。

曽野 12年くらい前にシンガポールで買った、真っ白な服です。地元の女性たちが着る、裾の長いものですね。そのデザインが自分では似合うと思うし、気に入っているんですね。そのうち着る時が来るでしょう。

石原 好きな服でというのも、いいものですね。

人間の死は、永遠に向かっての新しい誕生日

石原 ミサというのは、いわゆる読経に近いものですか。

曽野 いいえ、きちんとした祭礼の形式にのっとったものなんです。神父は仏教にとってのお坊様と同じですから。信じられないかもしれませんが、神父は人間の死の日を「ディエス・ナターリス」と言うんです。ラテン語で、生まれた日、という意味です。

「人間の死は決して、命の消滅ではなくて、永遠に向かっての新しい誕生日」という意味ですね。これはカトリック教徒の全員の中にあるものなんです。

石原　それは、魂は永遠であると話していた、それですね。僕は、死は死であって、一瞬にして消滅すると思っているから、対極にある考えだけど。

曽野　もちろん、それはそれでいいんです。人それぞれであっていいと思う。ミサの終わりに、神父がハーモニカで「ハッピー・バースデイ」を吹いてくださって、皆で合唱しました。神父は日本人ですが、ずっと南米で働いていた方でした。

石原　本当の家族葬というものですね。

曽野　私、何事によらず、ささやかなのが好きなんです。人それぞれ事情があれど、私は大きな葬式というものが好きではないですから。

石原　それは、どうして。

曽野　権威的な感じがしてしまうんです。派手派手しくするのは、自分が偉いということを他人に見せつけたいのかもしれません。何人いらっしゃったとか、大臣が来てくださったとか、弔辞の電報がどれくらい来たとか、昔なら大きな花輪をいくつも置いたりとか。私はそもそも権威主義の人間が好きではありません。そういう人って、会って5分でにおう（笑）。そういう鼻はきくんです。

石原　僕も権威というのは大嫌いだな。

曽野　私が腹が立ったのは、私と同年の友達が、ある人のお葬式に出かける際に、ばったり会った時のことなんです。聞くと、「主人が亡くなったので、ちょっとだけでいいからお顔を出していただきたい」と知り合いから電話がかかってきたと言うんですね。電話をかけてきた奥さんとは、どこかのお稽古事で知り合って、亡くなられた方のことは直接は知らないと言います。真冬の寒い時で、雨の日だった。しかも彼女は年寄りの身で、風邪を引いて、ごほごほ咳をしていた。思わず「あなた、絶交したら」って、彼女に言いましたよ。こちらの事情など、何ひとつ考えていない。参列者の数のことだけしか頭になく、見せつけたいだけ。それは友情とはいえない。

本当の友情というのは、相手の健康や幸せを望むことであって、自分の家の名誉だの、社会的な見栄に使われるべきではないですからね。私なら行きませんし、その後のおつき合いもしません。

石原　あの世に行ってしまったら、参列者の数なんて関係ないだろうに。

曽野　いえ、そういう人たちは、あの世に行っても関係があると思っているんでしょう。とにかく権威の好きな人って現世に多いですからね。そういった趣味は、他人《ひと》様《さま》の勝手ではあるけれど、好きではないんです。身の丈相応なほうがいい。そういうことより、後日に「さつま芋を掘ったから持ってきたよ」と言って来てくれたほうが、はるかにうれしい。実利主義なの（笑）。

この世に生きた証を残すべきか

石原　織田信長が桶狭間の決戦に出かける前に、一差し舞った幸若舞《こうわかまい》の「敦盛《あつもり》」の名文句があるでしょう。「人間五十年、下天の内を比ぶれば、夢まぼろしの如くなり。一度生を受け、滅せぬ者のあるべきか」という。

信長はこの句を愛吟したといわれていますが、重要なのはそのあとの一行だと思っています。「これぞ菩薩《ぼさつ》の種ならむ、これぞ菩薩の種なる」と。さらにこうも謡《うた》っています。「死のふは一定、しのび草には何をしよぞ、一定かたりをこすよの」と。

人は、誰かが死んだあと、どういうやつだったとかこうだったとか、なんだかんだと勝手なことを言うけれどね。信長は、まったくおこがましい、ちゃんちゃらおかしいと軽蔑しているんです。まったくその通りだと思うね。偲《しの》ぶ会だの何だのというのも、僕にはよくわからないですね。

曽野　人は勝手なことを言いたがるんですよ。その人がどういう人であったかなんて、真実は本人か、よほど理解していた伴侶しかわかりません。たぶん本人にも、本当のところはわかっちゃいないんですよ。

石原　戦乱の世から寿命が延びたとはいえ、たかが100年の人生です。法華経でいう宇宙の総体というものと比べれば、人の存在する時間など、瞬時に等しいですからね。そんなところで、ああだこうだと言っても仕方ない。

僕のように言いたいことを言って生きてきた人間は、悪口も言われるだろうし、何を言われるのか興味がないことはないですが、それでも死んだら自意識が失われて、知覚もなくなって、何もわからなくなるわけだから、意味がない。空しいだけだ。

曽野　空しいかどうかは、わからないですけどね。でも石原さんのように大きな仕事をなさった人の場合は、周りが放っておかないでしょうから……。

石原　僕は自分の葬式をどうするかは、もう決めてありましてね。長男には全部、伝えてあります。

曽野　それはいいですね。準備は大事なことですから。残された家族がアタフタしないで済みます。

石原　別に葬儀場ではなくて、ホテルでやってもいいんですけどね。ああしろこうしろと伝えてあって、ヨットレースの優勝カップは必ず並べるように言ってある。国からもらった勲章もいろいろあるけれど、ああいうものは飾らなくていい。それから音楽。流す曲も決めてあります。「海よさらば」という曲で、初島のレースの時に、番組のためにNHKから頼まれて詞を書いたんです。「嵐去り、星くず揺れて……」というような詞でね、とてもいい曲なんです。山本直純《やまもとなおずみ》の作曲で、ダークダックスが歌って。

曽野　ダークダックスは、私もすごく好きでしたね。

石原　それから辞世の句も、とうに作ってあります。「灯台よ　汝《なんじ》が告げる　言葉は何ぞ　我が情熱は　誤りていしや」とね。

海で嵐に遭うと、位置がつかめずに灯台の光にすがるんですよ。灯台はちゃんと暗号を出すんですね。それを解読して何とかホームポートにたどり着いた心境を詠んだんだけど、その灯台に託して、自分の人生の航海が正しかったか、まちがったかどうかを問いかける句なんです。

曽野　私は原稿をもう何百枚、何千枚、何万枚も書いて、その原稿を焼きましたからね。それ全部がエピタフ（墓碑銘）だと思っているんです。

石原　僕は残したいですね。葉山の森戸海岸の沖合、岩礁に、裕次郎の灯台を作ったんです。その手前に記念碑も作った。僕はその横に自分の灯台を建てて、やはり石碑を作って、句を刻むようにと子供たちに命じてありますから。

曽野　犬がおしっこしますよ、そこに（笑）。

石原　しませんよ（笑）。

曽野　だから、作らないほうがいいんじゃないですか。あらためて、この世には何も残さないほうが。あなたも私も、もう十分に書いたから。まあご希望でしたら、叶えるのもよいとは思いますけどね。

老いの知恵を生かす

石原　曽野さんの家のお墓は？　三浦さんは今、どこに眠っているんですか。

曽野　三浦半島の、海の家の近くにあります。お墓というか、何々家と刻んではいなくて、ラテン語で「神に感謝いたします」「私たちの罪をお許しください」と書いてあるだけ。見ただけでは、誰のお墓なのかわからないですね。でも、それでいいのです。人は死ねば、2、3年で忘れられますから。

私は自分が逝ったあとは、できるだけ早く世の中から忘れてもらっていいと思っていますから、形にこだわりはありません。

石原　ずいぶんサッパリしていますね。

曽野　そこには、夫の両親、私の母、夫の姉と、その姉の夫の分骨が入っています。つまり3つの苗字《みようじ》の人たちがいます。私たち夫婦はお墓を作った時、「未来の家」という意識でいました。ふたりの縁の続く、すべての人たちを入れたいと思ったんですね。

石原　ほう。それはいいですね。曽野さんも3世代で暮らしてきたようですが、僕も同じです。今、3代が一緒に住むということはほとんどなくなっているでしょうが、あれはいいものだと思うんです。

僕が結婚して最初の子供を持った時、親のおかげで助かったことがたくさんあるんですよ。長男の頭にものすごくたくさんの吹き出物が出たことがあったんですが、僕の母はヘンな薬をつけるよりも、オリーブオイルに浸して剝がしていくといいと。女房がそれをやったら、痕も残らず、きれいに治りました。

次男が高熱を出した時も、僕ら夫婦はあわてふためきましたが、母が「医者が来る前に引きつけを起こすかもしれないから、舌を噛まないように手帳か何かを用意しておけ」と言いました。案の定、医者が来る前に、痙攣《けいれん》を起こしましてね。手帳を口に差し込んで、事なきを得ました。

曽野　それこそ、昔の人の知恵ですね。今どきのヘンな情報よりも役立ちます。

石原　つくづく年寄りが蓄積してきた経験の大切さ、尊さを思ったものですよ。これは老いた親たちにとっても、ひとつの生き甲斐になると思いますね。日本の家族構成はほとんど核家族になっているでしょうが、今、見直してもいいのではないかと思います。

住宅事情や価値観の問題など多様なことはわかりますが、老人を疎外していくかのような社会傾向は問題ですし、老いの知恵を生かさないのはもったいない。

曽野　老いてこその知恵、というものがありますからね。

石原　キリスト教では、戒名というものはあるんですか。

曽野　ないんですよ、そういうものは。

石原　僕は、分骨すると決めて、石原のご先祖の墓と、海に散骨するよう言ってあります。昔、散骨は海が汚れるからといってだめだったけど、今は許可申請すれば、できるんですよ。ヨットマンの友人たちの散骨もずいぶんしたし、裕次郎もしました。

曽野　散骨はいいものですね。私もある人の散骨に立ち会って、トルコのエフェソスという、きれいな岩場のようなところでしました。

石原　散骨だけでなくて、墓にも納めたいと思うのはね、ちょっといい話があるんです。女房の父親、僕にとっての義父ですが、激戦地で壮烈な戦死をしているんです。その義父の骨が女房の実家の墓に入っている。戦死したのは、女房がまだ母親のお腹の中にいた頃でしてね、女房は父親に会ったことがない。

　でもね、義父と義母が交わした書簡が残っていたんですよ。義母が亡くなる時、「自分と一緒に焼いてくれ」と頼んでいたというのですが、女房の兄がとっておいてくれたんですね。それが文藝春秋から本になって出ているのです。読むと、これが非常に胸を打つ書簡集なんだな。そういうものを読んだあとに、実際、骨が残っているのはいいものだなと思ったんです。まだ骨壺の中を見たことはないですけれど、残っていて、触ることもできるわけでしょう。

曽野　戦争で亡くなられたとしても、生きていらしたという証《あかし》ですから。

もう十分にこの世を生きた

石原　この間、ある長編を書いたんですが、海で散骨をすると、魚の群れの中できらきらするというシーンを入れました。まさしく海は僕の人生の光背《こうはい》でもあったわけで、散骨は海に還《かえ》るという感覚なのかもしれません。

曽野　そうなのでしょうね。私の場合は何も残したくないですけど、棺に入った時に、誰か胸元に「ミッション・コンプリート」と書いた紙を置いてくれないかしら、とは思いますね。自分がすることをやって、もう十分にこの世を生きた。私、疲れ果てるほど働きましたから。

石原　そう言えるのは、素晴らしいじゃないですか。やるべきことはやった。そう思えて死ねたら、いちばんいい。僕は、まだまだ納得いかないけどね。僕の「座右の銘」のひとつに、少年の頃に読んだアンドレ・ジッドの『地の糧』という本の主人公の言葉があるんです。

「行為の善悪を《判断》せずに行為しなければならぬ。善か悪か懸念せずに愛すること。ナタナエル、君に情熱を教えよう。平和な日を送るよりは、悲痛な日を送ることだ。私は死の眠り以外の休息を願わない。私の一生に満たしえなかったあらゆる欲望、あらゆる力が私の死後まで生き残って私を苦しめはしないかと思うと慄然《りつぜん》とする。私の心中で待ち望んでいたものをことごとくこの世で表現したうえで、満足して——あるいはまったく絶望しきって死にたいものだ」

　この最後の一節、満足か絶望しきって死ぬかということは、人生の綱渡りみたいなもので、僕はやはり絶望のうちに死にたいとは決して思いませんね。

曽野　そうですか。私はそういう状態もあるかな、と思いますが。そして、そういう状態を納得もしますけど。

石原　三浦さんが亡くなられてのち、どのような気持ちで生活してこられたのですか。つまり、夫という存在がいなくなってから。

曽野　よく「大変ですね」とか「お寂しくなりますね」とか言われたりしたのですが、私は少しも大変ではなかったです。私にとっては彼の魂の存在だけが必要なことでしたから。

私は、かなり早い時期に、彼の物を片づけ始めたんですよ。2階に彼の書斎だった部屋があって、そこは息子が大学生だった頃に使っていた部屋だったんですけど、本だけは全部残して、それ以外の洋服や靴などは出してしまいました。なのでガラガラになっています。もともと空間があるほうが好きで、片づける、捨てることが好きだという性格もあるんですけれど。昔から物事は溜めておくよりも、流していくほうがよいという考えです。

石原　サッパリしてますな。

片づけることを彼が希望している気がした

曽野　人の暮らしって、入れる、出す、ということで成り立っていると思うんです。それは、お金も品物も愛情も同じです。自分が要るものは受け取るけど、要らないものは人に分けたほうが役に立つ。このバランスがとれていないと、運が悪いほうに転がったり、後々に精神的に病んだりすることが起こるような気がするんです。

石原　とっておこうとは思わなかった？

曽野　それぞれの考えでよいのだと思います。長くとっておきたい方はそうすればいいですし、ただ私の場合は、片づけることを彼が希望しているような気がすると、勝手に思った。それが彼の遺志だと決めたんです。それからカトリックですから、世の中のことすべては、かりそめという考え方がベースにあって。残された者はどんな思いを胸に抱いていても、前に進まなければならないと考えますしね。

石原　形見分けのような形で行ったのですか？

曽野　いえ、背広は、東京・山谷のアルコール依存症の人たちの世話をしているところに相談をしましたら、小型のトラックで来て、積んでいってくれました。30足ぐらいあった靴は、「サイズが合わないかもしれないから、お要りにならないでしょう」って聞いたら、「いや、靴もいただきたいです」と持って行ってくださったんです。「これから就職したいと言っている人たちもいて、運動靴とか長靴しか持っていない人もいますから」と。靴はね、道端に並べておくんですって。通りかかった人が、合わせてみて履いていくらしいです。

石原　それ、いい話ですね。

曽野　ついでに私のワードローブなども処分を始めました。服でもバッグでも欲しい方に、うまく分けてくださるようなところがあるんですよ。だから私は今、とても爽やかです。皆に「収納棚がガラガラなのよ」と話したら、「そんなこと、いばるほどのことじゃない。そういうのは昔、貧乏って言ったんだよね」と言われてしまいましたけどね。死ぬ前には、残っているものはさらに片づけなければと思っています。

そうはいっても、急に逝くこともあるわけですから、あまりあくせくやったところで、とは思いますけどね。全部を整えてから死ぬなんていう、都合のいいことはありえませんから。やりかけであっても、その時はその時ですね。

命の長さは、神が決めること

石原　自分の寿命なんて、誰にもわからないですからね。医者にだって、わからない。余命を言われて、それよりも長く生きた人たちは、けっこう多いでしょう。

曽野　私は、寿命という考え方が、そもそも違うと思っているんです。自分が何歳まで生きるとか考えるのは、言葉は悪いですが、くだらないことだと思っているんです。

寿命は、聖書の中に「ヘリキア」という言葉で出てくるんです。ギリシャ語で意味が3つほどあって、ひとつは寿命。ひとつはその職業に適した年齢という意味。もうひとつは背丈です。そのどれをとっても、自分の自由にはならないでしょう。命の長さは神が決めることだと思っています。

石原　その「ヘリキア」という言葉、興味深いですね。

曽野　それで片づけの話を続けますと、私には決して残したくないものがあって、それは原稿なんです。これまで書いた原稿は、ずいぶん前から海の家に持って行って、すべて焼いてしまいました。たくさんあった写真も50枚くらいを残して、焼きました。孫が、これがお祖父《じい》さんとお祖母《ばあ》さんとわかる程度に残しておけばいいわ、と思って。

石原　焼いた。それは潔いですね。

曽野　東京では焼けないので、海の家に持って行きましてね。夫と一緒にしたのですけど、ものすごい量なので、煙で喉が痛くなったくらいでした。

石原　書き続けてきたものを焼くというのは、どういう心理なんですか。

曽野　こだわらないんです、もう印刷されているものですから。生原稿は必要のないものでしょう。たとえば肉筆が大切というような場合、売買を考える人たちもいるかもしれないということですよね。実際にそういうことも起こったりする。私はそういう、筆者の尊厳に関わるようなことをされるのが、すごく嫌いなのです。そういうことに対しては、闘わなくてはならない。

石原　それは同感ですな。

曽野　肉筆原稿をずっととっておきたい作家や、家族はいいのです。でも私は人の命も、作品も、消えるべき時を持っていると思っています。文学記念館のようなものも、私は要らない。あれは大概、その奥様たちが望むらしいんですけどね。私は自分の記念館などが建てられるようなことがあったら、ぞっとします。要らぬ心配かもしれませんけどね（笑）。文学は文学としてあるものです。

そんなですから、私は街中で「三十何年か前に曽野さんの講演を聞きました」なんて声をかけられますと、どうか忘れてください、と言いたくなってしまうんですよ。

石原　面白いですね、曽野さん。

曽野　そうですか。「始末」という言葉を私はよく使うのですが、すべては過ぎていくと思っている。信条かもしれません。

老いによって執着は断つが、やるべきことはやる

石原　僕はまだ原稿のことまでは考えていないですが、去年、自分の生涯において、もっともつらい別れを経験したんです。長年、僕に生き甲斐を与えてくれていたヨットを

手放しました。「コンテッサ」（伯爵夫人）という名でね、英語で船のジェンダーは女なので、そう名づけて、あまたの航海、嵐の中も共にしてきた。

曽野　それは石原さんにとっては、重大な決意だったことでしょうね。海と生きてこられたような方ですから。「伯爵夫人《コンテッサ》」のこともずっと前から読んでいました。

石原　そうです。しかし脳梗塞を起こしてから、やはり後遺症で平衡感覚が衰えてしまい、穏やかな海でも水平に立っているのが難しくなったんです。外洋レースでいちばん短い熱海沖のレースでさえ、よろけたり転んだりするようになった。体の自由がきかないわけです。トイレに行くだけでもクルーの手を借りたりして。これは傍迷惑《はためいわく》だと自覚せざるをえなかった。それで決意したんです。

　幸い、よい買い手がついて、新しいオーナーと最後のクルージングに出かけたのですが、あのつらさは、愛する女と別れる時よりもせつない。自分の人生が引き剝がされるような、何ともいえない悲しみ、せつなさがあったなあ。

曽野　人生の中の、大切なものとの別れの時が来たということだったのでしょうか。その大きなひとつが、石原さんにとってヨットだった。

石原　そういうことでしょう。あの時、ふと想像したんですよ。自分が死ぬ時に、家族が私を看取っている姿というか、家族との別れのせつなさをね。

曽野　死は誰にでも、常にそばにありますから。それがいつ来るのかは誰にもわかりませんが、そんなことをお感じになったのでしょう。

石原　数年前には、好きだった車の運転もやめました。時効だから言えますが、若い頃は銀座のバーで飲み、スポーツカーの屋根を開けて、革ジャンを着て、逗子の家まで飛ばして帰ったものでした。今なら厳罰ですけれど、昔は皆が軽く飲んでは運転しているような時代だった。

曽野　そういう時代でしたね。

石原　そういえば、湘南の道をかなりのスピードで走っていた時に、うしろからしつこくついてくる車があったんですよ。抜かれたくないので、もっとアクセルを踏むんだけど、ずっとついてくる。そのうち横にぴったり並んで、窓を開けて「なかなかやるね」というようなことを言ったんです。なんだ、この男はと思ったんだけど、途中でサーッとどこかに行ってしまった。

何か不思議な感じがしたのですが、ハッと思ったのは、父親のことでした。今のは父親が、ああいう形で現れたんじゃないかと、ふと思ったんです。つまり、日ごろからスピードを出しすぎている息子に、警告しに来たんじゃないかと。それ以来、無謀運転はやめました。

曽野 それは素晴らしい「再会」ですね。

石原 それで、年とってからですが、いつぞや山中湖畔を走っていた時に、タイヤを路肩に二度こすりました。あの頃から年寄りの暴走がニュースになるようになって、自分でも、どこか昔と違うと察知した。運転をやめると決断してよかったと思いました。

曽野 私も、もうさすがに運転はやめました。もともと運転は好きじゃなかったから。でも80歳まで乗っていましたよ。

石原 80歳までというのは、すごいな。

曽野 でも運転をやめると決めた日に、祝杯を挙げました。これでもう一生、人を轢《ひ》かないで済んだと思って。

石原 老いというものは、そうやってさまざまな決別を促すものなのかもしれないですね。しかし、いろいろな執着を断たねばならないとしても、僕はやるべきことを、まだまだやっていきたいと思う。つまり老いを睨《にら》みつけながら、ギリギリまで耐えに耐える。老いることに耐えなければ、すぐにへなへなと無気力になって、ぼろぼろと老いてしまう。それが怖いんですよ。

曽野　老いたら、それもまたいいじゃないですか。人間の姿のひとつだから。

石原　いや、僕はぼろぼろにはなりたくないんだ。ヨットを手放した年の暮れに、新たに17フィートのディンギーを作りました。中学3年の時、兄弟でね、父に高いディンギーをねだって買ってもらった。あの時以来ですね。

曽野　ひとり用なのですか。

石原　ふたり乗れますね。小さく漕艇《そうてい》しやすいそれに乗って、ひとりで湘南の海に出た時の感動は忘れられないですね。暮れで人影がなく、海をひとり占めしている喜びがありました。あれは何だろう、何ともいえない孤独と、満ち足りた気持ちと……80歳を超えてからの強い生命感のようなものを覚えまして、そうか、年をとるのも悪くないじゃないか、と初めて感じ入りました。

曽野　その感動は、また新たなものだったことでしょう。老いても自分の世界を持っているということは、人間にとって、とても大切なことですもの。

石原　もう大きなヨットを操縦することはできないですけど、また出会えた喜びだった。乗りながらふと、お話しした賀屋興宣さんを思い出しました。

昔、死の話などしている時にね、「石原さん、私は生きているうちに、もっとやっておけばよかったと後悔していることがあります」とおっしゃった。何ですかと聞いたら、「ゴルフと、もうひとつは操船することです」と。ゴルフはともかく、以前、ヨットに乗せたことがあった。その時に運転したいと言うから、順風だったし、舵輪を握って運転してもらったんですよ。そしたら初めてなのに、これがうまいんです。「たいしたものです」と言ったら、すごく喜んでいらした。それ以来、行くことはなかったのですけど、きっとまた乗りたかったのだろうなと、走らせながら思いましたね。

曽野　その海は、よき思い出でしょうね。

今でもトレーニングは毎日欠かさない

石原　そうですね。これからも乗り続けるために、トレーニングは怠ることなく、やり続けていますよ。曽野さんに肉体派と言われましたけど、僕のような人間は、まさに健康な体あってこその人生ですから。

曽野　トレーニングって、どんなことをなさっているの？

石原　いくつかあるんですけど、朝、起きたらすぐにタワシで全身をこすります。

曽野　昔からの、あのタワシですか。

石原　そうです。あれがいちばんいい。朝食をとったら、天気がよければ散歩に出て、２キロほどを歩いています。散歩の途中でよく見かける老婦人がいて、やはり散歩をしている人ですが、同年代のああいった存在は妙に励みになりますね。走っているやつを見ると、羨ましいけど。

　家に戻ったら、スクワットを30回すると決めています。雨の日なら、長い廊下を１０

0往復はします。
このルーティーンを、あえて課しているんですよ。今は、しないと落ち着かないです。このルーティーンをするということは非常に大事で、老いに対して歯向かっていかなければ、ずるずると押し切られてしまう怖さがある。太陽の季節の男が、今や斜陽の男になって（笑）。自分に鞭《むち》を当てて、しごいていくしかありません。

曽野　継続は力なり、なのね。

コロナ禍にどう向き合うか

石原　まさに。怠けようとしたらそこで止まってしまって、あとは弱っていくだけです。ところが今年に入って新型コロナウイルスという、地球と人類の終末を感じさせるような事態が到来してしまいましたからね。行動自粛となった今、家から出ることがままならなくなって、僕のように運動を必要とする人間にとっては非常につらいんです。

曽野　自粛ということでいえば、私の場合はもともと生活が地味なので、外部の方からすると何か自粛しているように見えるかもしれませんが、家事で動くだけで十分なんです。私のように、もともと家に閉じこもるのが好きな人たちもいると思います。それに私の考える小説家の生活というものは、黙って〝悪いことをたくらむ〟暮らしですから（笑）。

石原　まあ僕も物書きとしての好奇心という点からいえば、この騒動は稀有な体験として捉えていますけどね。ただ先ほど話しましたホーキング博士の言葉を思い出すんです。人間が編み出した文明や技術がその浅はかさを露呈して、自然の循環を狂わせたことで未知のウイルスが人間の生命を奪いだしたのではないか、と。

　行政は次々に姑息な案を打ち出しては国民に強いていますが、経済は沈下していくばかりで、まったく先が見えない。この状態は、昔、この国をなかば滅ぼした戦の破局の頃を思い起こさせます。

曽野　我々は、戦火をくぐり抜けましたからね。そして私は人生の大きな答えを戦争から得た、という実感があるんです。

石原　ええ。空襲の記憶は消え去らない。毎日この国は焼き尽くされましたからね。しかし、戦争はまだ敵として相手の姿が見えていた。今は実体のわからぬものに襲われている、大変な恐怖があります。曽野さんはどうですか？

曽野　不安はありますが、今のほうがまだましといえます。戦争中は、個人の意思に反して死なねばなりませんでしたからね。今は、個人の運命は半ば自分で選んだ部分もあるから、納得している面もありますね。

　こういう急激な変化に対してどうふるまうかは、平時においての、その人のものの考え方にかかっているでしょう。今さら急に備えるものでもないし。急に備えたところで無理ですから、私は以前からの、私のままでいるような気がしています。戦争後にも「大きな転換」はありましたけど、大騒ぎをした人もいれば、その変化を言葉の端にものぼらせない人もいました。

人との接触を禁じる現実が意味すること

石原　しかし、このいまいましさは、いったい何のための試練なのか、ということは考えませんか。人智を知り尽くしても太刀打ちできない存在があることを、この現代で身に沁みて覚《さと》らされるとは、神なるものによるのだろうか。ならばその意図はいったい何なのか、と思うわけです。人間にとって最後の「未知」と「未来」なる死について、突然、間近に予感させる状況を与えた意図。これは人間たちの驕《おご》りというものへの罰か、それとも警告というものなのだろうか、と。

曽野　私には予測する力がないという自覚があるし、もともと外界は決して人間に対して優しくはないと思っていました。子供の時から。ですから教訓的でもないと思うんですね。ウイルスには哲学も政治もありませんでしょう。

石原　僕はこの崩壊が引き起こした、人との接触が封じ込められてしまったという現実は、どうにも天の警告のように感じてしまうんですよ。今、文明と技術の限界を自覚して、我々が英知の所産として自惚《うぬぼ》れてきたことを、あらためて反省することこそ必要ではないかと思うんです。それが真の文明というものへの手がかりとなるのではないかと。

戦後、これほどたくさんの人が「死」について考えた事象は稀でしょう。もっとも小さい子にとっては当時のような恐怖は少ないでしょうが。

曽野　「死」についての考え方はそれぞれだと私は思っていますから、今回のウイルスのことでは大人であっても、実際に自分に死が近づくまでは考えない人もいるんでしょう。

石原　考えない？

曽野　あるいは「死」が近づいても、気がつかない人がいるかもしれません。

石原　そんなものですかね。

曽野　私は、死を考えない人にたくさん会って、その度に驚いてきましたよ。もっとも、それで済めば、それでもいいのではないかと私は思います。私のように小学校に入る前から「死」のことを考えても、別に〝いいこと〟はありませんでしたしね。

ただ目の前のこととして、病を防ぐために運動を必要とする石原さんのような方たちには、外を自由に歩けない、トレーニングに通えないという状況は切実になりますね。そういう不安はより強く感じていらっしゃるでしょう。

石原　焦燥感だらけですね。僕は人よりも余計に体を使ってきた人間だし、特に脳の中枢にある脳幹というものがいちばん大事だと知っていますから、今回のような事態になると、もっとも気になってしまうんです。

曽野　脳幹、ですか。

石原　ええ。脳幹の強さ、これは耐性といっていいですが、この耐性というのは、我慢強さ、耐久力です。つらいことや嫌なトレーニングをあえて自分に課すことで、鍛えられます。つまり人間として強くなるということで、僕は老人にも大変に必要なことだと思う。特に今のような状況になってしまうとね。

曽野　素晴らしいですね。私は運動が嫌いでまったくしませんから。でも家事でけっこう家の中を動き回っていて、私には十分足りていると思っています。三浦での畑仕事もありますしね。家の周りは見事な三浦大根の畑ですよ。そうやって自然の恵みの中で育った野菜を食べるだけで、元気になれる気がします。今、聞いていて面白いなと思ったのは、海洋型発想と陸上型発想の違いかな（笑）。

石原　何、それは。

曽野　石原さんは海洋型。割とどこへでもパッと行けるわけ。私のような陸上型は、歩いて行けるところだけ。歩いて行けるところでないと、私自身の抱える物事は解決しなかったんですよ。全部が陸上型。ですからサハラ行きは、その究極なのだろうと今、思ったんです。

石原　サハラって、海みたいなものじゃない？

曽野　違いますよ。

石原　そうですか？

曽野　違いますよ。地続きだから、周りの国々に逃げようと思えば、どこへでも逃げられます。そして、そこは人間の住む土地です。

石原　どちらも大自然ですけどね。脳幹の話でいえば、誰も頼れない、そういう環境に身をおかないと、鍛えられないんです。今の子供や若者たちは、つらいことを避けて経験しないから、脳幹が鍛えられていないように思いますね。

スマホでの読書の話をしましたけど、そこに氾濫している情報を過剰に摂取しているから、本能が衰えているように感じる。頭にはどっさり実がなっているが、支えなければならない肝心の幹がやせているから、何かあると簡単にポキンと折れてしまう。

曽野　私はインターネットを使わないのでわかりませんが、おっしゃることはその通りだと思いますね。

石原　僕もやらないですし、興味もないですがね。トレーニングでは、僕は呼吸も非常に大切にしています。深呼吸というのは血液の流れを促進して、細胞をはじめ体を活性化します。取り組んでいるのはロングブレスといって、美《み》木良介《きりようすけ》さんが考え出した、一世を風靡《ふうび》した健康療法です。それをするようになってから、病気のあとに、また2キロ歩けるようになりました。

曽野　どういうふうにやるのですか。私は今はまだ、10キロくらいは平気で歩けるけど。

石原　下腹の丹田をへこませて力を入れて、胸いっぱいに溜めた息を、目の前にある物を吹き飛ばすほどの勢いで、長く長く吐き出すだけです。繰り返してやると、体の隅々、毛細血管にまで酸素がゆきわたる。冷えもなくなって、全身が活気に満ちます。老いによる退化を防げるんです。もっともシンプルで効果的な鍛錬ですね。しかも安上がりな。

年をとっても、矍鑠と格好よくいたい

曽野　石原さんは、子供の頃からスポーツマンでいらしたの？

石原　いや、そうでもないんです。小さい頃、実は体が弱くて風邪ばかり引いていた。小樽から湘南に越して、旧制中学でサッカー部に入ったんです。そこは全国大会で優勝するような強い部でしたから、むちゃくちゃしごかれましてね、逗子の家まで毎日くたくたで帰りました。駅からのバスがない時代だったから、2キロを歩くんです。歩きくたびれて腹ぺこだから、途中にある八百屋で、断ってよくそこの井戸水を飲ませてもらいました。水で腹をふくらませて、また歩きだして。

ああいう生活をしていたら、弱かった体がガラッと変わったんですよ。やっぱり肉体というのは、元来こういうものだとわかって。それからヨットを始めて、30代でテニス

を始め、40代でスクーバダイビングを始めた。スクーバは曽野さんの言うサハラと同じで、世界観がもうガラリと変わりましたよ。

曽野　美しいんですってね。

石原　あれは、まったく新しい宇宙との遭遇でした。僕がスポーツを続けたのは、弟の死も大きいですね。彼はどういうわけか病魔にとりつかれてばかりで、お話ししたように、最後は苦しみ抜いて死んでしまった。それを反面教師とした面もあります。４、５キロの散歩は欠かさずしてきたし、議員時代も週に３回は、プールで１０００メートルは泳ぐようにしていました。脳梗塞をやったあとも、何とかこうやって元気でいられるのは、その頃の遺産といえるのかもしれません。僕は長生きしても、矍鑠と格好よくいたい気持ちが強いですから。

曽野　それは大切ですね。老いても、サッパリと身ぎれいでいたほうがいい。

石原　少し前に左胸が痛むので、検査入院をしたんです。何事もなかったのですが、４日間も寝ていたので、帰ってきたら、如実に足の筋肉が衰えているのがわかりました。精神的には若い頃と変わらないでいるけれど、年をとると筋肉を戻すのには相当に時間がかかると気づかされました。一日でも鍛えないと、かなり衰えます。

60歳からは健康診断を受けない

曽野　私は今のままで十分ですし、この先の長生きも望んでいませんけどね。

石原　望んでない？

曽野　神様がお決めになることですから、どうなるのかはわかりませんけどね。すべてを自然なこととして委ねています。私は60歳ぐらいから健康診断を受けていません。微量でも被ばくしたくないのでレントゲン検査を受けていませんし、薬もよほどのことがないと飲んでいません。その代わり、昔から、漢方の本をよく読んでいて、ハトムギ、ドクダミ、ゲンノショウコ、センブリ……などを煮出して飲んでいます。基本は食事ですね。畑や家の庭で作った野菜を使って、昔ながらの素朴なおかずを作るのが楽しみなんです。そこに煮魚を加えるくらい。

石原　それは体によさそうですね。

曽野　やはり食が大事ですからね。あとはリンパマッサージ。これは定期的にやって、血流をよくしています。目を使う仕事ですし、頭皮も全部揉《も》んでもらうんです。気持ちいいですよ。頭蓋骨の中の血流をよくすることも重要ですからね。

石原　僕と同じですね。脳の検査は受けるものの、むやみやたらと安易に医者に頼らずに、自分でできることをすることで不安をなくして鍛えています。医者といえど、人の体を十分には管理できないでしょう。『巷の神々』という本を出した時に、いろいろな霊能者に会ったと言いましたが、たとえば「気功」というものも効力があると思っています。

　僕の母が腎盂炎で苦しんだと言いましたが、戦後にある人を紹介されて、手かざしで手当てされて完治したことがあります。今でいう気功ですね。

　同じ術で病を治す名人はあちこちにいるようで、ある気功師を友人に紹介しましたら、骨肉腫が治ってしまいました。病院ではもう危うい、あと半年と言われた命でしたが、それから7年半、生きました。僕も紹介されて受けたことがあります。

それから鍼灸《しんきゅう》や断食、活元運動という、体の不随意筋を動かすという整体もやってみたり、いいと聞くと試してみたくなる。西洋医学が必要なことも事実ですが、巷の療法から、体が本来持つ不思議な神秘や、備わっている治癒力を教えられることがあります。

体験してみるといいですよ。僕はともかくまだまだやりたいことがありますし、健康管理は怠りません。ねじ伏せるがごとく、老いを無視する。無視することでがむしゃらに生きたい。

曽野 石原さんはもう、とにかく死ぬのは避けたい。生きて生きて、生き抜いていくわけですね。

それはそれで素晴らしいことだと思います。私は少々、くたびれていましてね。それでも自分に死が訪れるまでは、まともに歩いて、料理もして生きなくてはならないと思っています。

誰もが死ぬという、よくできた制度

石原　だって、死は人生との決定的な別れですからね。去りがたいですよ、この世を。

曽野　死ぬのも自然なことですけれどね。

石原　つまらん。つまらんです。

曽野　だから、その日が来るまで、存分になさればいい。私は50歳になった時から、寝る前に「3秒の感謝」というものをするようになりました。「今日までありがとうございました」と言うんです。もしもその夜中に死んだとしても、けじめをつけたことになるでしょう。死ぬということは、いい制度だと思いますよ。

石原　いい制度？（笑）

曽野　そう。だってそうでしょう、「あなた自由にやりなさい」とずっと生きていたら、どこでやめたらいいかわからないじゃないですか（笑）。

私は人まかせが好きなんです。女の人がよく言うじゃないですか。「だって、何とかちゃんがそう言ったのよ」とか。あれが好きなんです。

石原　ハハハハハ。

曽野　永遠に命があったら、疲れますよ。死なないということは、最高の罰でもあるんです。

石原　昔、ハリウッド映画でそういう内容のものがありました。死ねない人たちの町があって、気分のいい映画ではなかった。まあ人は老いて、必ずや死ぬのはわかっています。しかし、僕はまだ死にたくないね。それまでをどう生きるか、いかに存分に使いきるかということでしょうね。

曽野　そう思います。生き続けているということには意味があるのでしょう。

石原　自分が自分として存在している、それは何ゆえかということですね。法華経には、膨大な時間の流れの中で、今、この現世を生ききるということも書かれています。

老いて人の役に立つという幸福

曽野　人は、特に中年になったら、社会に奉仕貢献をすることが大切だと私は思っています。年老いて、誰しも外見がどんどん衰えていきますよね。その人を輝かせるのは「徳」だけなんです。社会に対して関心がなくて、ほんの少しの奉仕もしようと思わない人は、「徳」がない人たちですよ。

古代ギリシャ語の「徳」という言葉には、卓越という意味もあるのですが、奉仕に興味のない人は、卓越もしていない人たちということでしょう。

石原　奉仕は、生き甲斐のひとつにはなる。

曽野　「受けるよりは与えるほうが幸いである」という言葉がありますが、その通りで、人は他人から与えられる時もうれしいけれど、人に与えた時もうれしいんです。

これは、人間の尊厳と密接に絡んでいるものです。もっとも最近は、受けることは権利だ、与えたら損になるという考えの人たちが増えているようで、困ったものですね。

石原　与えるということなら、僕もやってきたかどうか。

曽野　いえ、石原さんは大きな仕事をなさってこられた。でも、そんなに大きなことでなくてもいい。世の中のほんの小さなことにでも、自分の身を使うということです。

石原　大きいという言い方をするなら、去年、92歳で亡くなられた緒方貞子《おがたさだこ》さんは素晴らしい仕事を成し遂げられましたね。あれこそ世界に対する貢献で、国連難民高等弁務官事務所のトップとして紛争地を巡って、多くの難民を救われた。口ばかりで行動が伴わないような国連の、本当の信用を打ち立てた人ですね。

曽野　自らの足で現場を歩かれて、現実に何が起こっているのかをよくご存じでいらっしゃいましたからね。

石原　思い出すのは、僕が脳梗塞で倒れたあとに奮起して、またテニスを始めようと所属するローンテニスクラブで、マシンを使ってトレーニングを再開していた時です。よろけながらね。そこにいらしていた緒方さんが「いつでも相手をしてあげますよ」と、にこやかに言ってくださった。そのひとことに、ずいぶん勇気をもらって励まされたものです。

曽野　素晴らしい方ですね。言葉の持つ力というものも、あらためて思います。かけてもらったたったひとことで、人は心安らぎますから。

石原　貢献ということではないですが、知事の時代に僕は東京マラソンを創設したでしょう。あれは制限時間が７時間なんですが、何とか時間内にゴールした人たちがね、足湯に浸《つ》かりながら泣いているんですよ。達成感でね。それが美しいんです。「よかったな、おめでとう」と言うと、「石原さん、ありがとうございます」って言うから、「ありがとうっていうのは、私にではない。君は自分に言えよ、自分に」と言ってね。ああいう喜びというのは、うれしいものですね。僕自身も達成感をもらった。

今、老いた自分がいるけれど、自分自身の体を鍛える時に、思い出すんですよ。頑張って、もう２００メートル先まで歩いてみようとか、励みにできるんです。

曽野　それはいいお話ですね。そのランナーたちも、それぞれの人生の中で、石原さんの言葉が残り続けているでしょう。

石原　僕はパラリンピックの選手たちからも、大いに勇気をもらいますね。生まれながらにハンディのある人も、途中で何かがあって不自由になった人も、凄まじいパワーでそれぞれの競技で闘っている。真剣勝負をしている。見事です。ここまで来るには、どれだけの鍛錬と悔しさや涙があったかと思うとね。自分は何してるんだ、まだまだ頑張らなきゃと元気づけられるんです。

曽野　周りで選手らを支えている人たちも、素晴らしいひとつの仕事を請け負っていることになりますね。

　これも貢献といっていいのかわかりませんけど、私の母は亡くなった時に献眼をしたんです。以前からアイバンクに登録してありまして、私も登録してあるのですが。

石原　そうでしたか。

曽野　ええ。かなり前から私たちは、死後の事柄について話し合っていました。「何でも使えるものは使ったらいい」と母は言っていて、私も同感でした。亡くなってからご連絡をすると、しばらくして東大病院の眼科の先生が、釣り道具のような冷蔵庫を持っていらしてくださってね。午前2時頃だったかと思います。

　処置は10分ほどで終わって、母の目には義眼が入れられました。始まる前に「席をはずされますか」と聞かれたのですが、私はそばにいますと答えました。

世の中には「目を取り出すだなんて、そんな恐ろしいことはできない」「あの世に行って、目がなかったらどうするの」などと言う方たちもいますし、本人がそれを望んでいても、遺族が受け入れられないなどあるようですけどね。

母の死は成功だった

石原　そこは、それこそ人それぞれの死生観によるのでしょう。しかし盲人に光を与える、救えるというのは、すごいことですね。

曽野　ええ、私たち家族は、心が明るく満たされました。母が目を差し上げたことで、ふたりの方の目に光を戻す手助けができた。私と母の間には長いこと、いろいろな葛藤がありましたし、母は運命と闘う人でした。娘からすると、そこまで頑張りすぎなくてもいいのにと思ったこともありますけど、母の死は成功だったと思います。

それもあって、私は母の死後が心配ではなくなりました。それからね、もうひとつ献体の話をしていいですか。

石原　ええ、もちろん。僕はあまり身近に考えたことがなかったのですが、死を前にしてのひとつの示唆がありますね。

曽野　私の知り合いの女性で年も近い人がいるのですが、結婚して家を購入して、子供たちも大きくなって、傍から見たら普通に穏やかに暮らしている主婦だと映った。でも彼女は、夫のことが特に好きでもなく暮らしてきたというんです。

　いつ頃からか、自分の人生には何もいいことがなかったとか、充実した人生ではなかったと思い始めたようで、愚痴っぽくなりました。顔にも険が出るようになって、周りからは「更年期だからでしょう」などと言われて、喋ることも嫌になった。世間は中年女性が不機嫌だと、すぐ更年期だのと言いますからね。

石原　世間的には幸せな半生に見えますがね。

曽野　人の心のことは、他人様にはわからないから、そうとも言えない。それで何年かが経ったんですが、ある日会ったら、前と印象が違って、顔色が明るく感じたんです。光が入ったような感じといいますかね。話を聞いたら、自分が死んだあとに献体をしようと決意したというんですよ。「これで人の役に立てる」と言うんです。「年をとっても角膜は使えると聞いたし、私の伯母が目が見えない人だったこともあって」と。でも、家族がだめだと言うかもしれない。その時は、曽野さん、私の望みだったと言ってくださいと。年齢を考えれば私だっていつまで生きていられるかわからないけど、「そうするわ」と伝えました。

人の役に立てるということは、自分自身の希望となる。自分にも光を与えられるということなのでしょう。

勉強には魂を満たす楽しさがある

石原　自分自身の救いにもなる。人間は、本来、自分はどう生きるべきかを考えて、生きる生き物です。ただ漫然と生きていたら、だめで。特に老いてこそ、何かをしなければならないでしょうね。

曽野　私は、怠けることも好きですけどね（笑）。でも、自分に与えられている人生の時間は、おそらく決まっている。その時間を、いかに濃く生きるかということだと思いますよ。

石原　どの時間が？　人生全体が？

曽野　生きてきた時間が。たとえば、ひたすら会社のためだけに生きてきたとかね。それは会社も悪いけど、その人の責任でもありますよね。やっぱり自分の時間を取り戻さなくてはいけない。

石原　それは、その通りですよ。他人とは違う、自分の個性で生きてこそ人生でしょう。

曽野　ずっと会社人間で生きてきて、定年後も何らかの形で会社にしがみつくような人がいますが、逆にみじめですよ。人にはその仕事に適した年齢というものがありますし、その後の長い人生に入った時には、せめて自分自身が主となって、時間を自由に使う。一本の木として悠々と立っていなくてはいけない。

石原　月日は巻き戻せないですから。

曽野　哲学者のエピクテトスが言ったことですが、「老年期こそ、実は学ぶのに最適な年月なのだ」と。退職してからの時間、さらに老年期に入ってからの時間、したいことが何でもできる自由を得ている。人に期待されないというのは自由ということでしょう。

いくらでも積極的に学べるのですから、暇つぶしをしているのは時間のむだですね。勉強する楽しさというのは、魂を満たしていくものだと思います。

自分の人生を誰とも比較しない

石原　誰と比較するということではなくて、自分の人生において、体現する。

曽野　そうね、何ものにも縛られず、自分の人生を生きることが私は好きですね。人から見たらそうは見えなくても、自分がそう生きていればいい。好きなことを見《み》出《いだ》して、続けていけば、極められるかもしれない喜びもあります。

石原　特に、年齢に縛られているのはもったいない。まずは動くことで、何かを始める時に遅すぎるということはないですからね。そうはいってもなどと言っていたら、永遠に何もできずに終わってしまう。

曽野　石原さんのように小説も書いた、政治にも関わったというような華々しく生きてきた人もいるけれど、必ずしもそうでなくていいわけで。この世というスペースにおいて、自分の空間をフルに生かしきっていればいいのね。いる場所で自分を生きて学んで、役立てばいいと思うんですよ。

石原　僕はあんまり人の役に立つという意識を持って、仕事したことはないですけどね。世の中を騒がせることはしたかもしれないけど。

曽野　人間は誰でも意識なくやるのよ。めいめいが、自分のいる場所で役立つということを、私は幼稚園の時に学んだんです。人の生き方を教わった。幼稚園に助修道女と呼ばれるシスターがいたんです。イギリス人のね。当時、50歳ぐらいだったのかもしれないけど、私にはお婆さんに見えた。

その方がね、日本に来て掃除や洗濯、草取りなどをなさっていた。トイレの端の椅子に座っていて、私たちが休み時間にトイレを使ったあと、もう瞬時にきれいにしてくださったりね。その方は、あとで知ったことなんだけど、イギリスの王室の一族で、高い学歴も持っていたんですよ。その方が、いつも縞《しま》のエプロンをして老眼鏡をかけて、お手洗いに座っている。お祈りしているようにも見えたけど、よくわからない。私はそういう生き方には、ちょっと美学を感じるんです。

石原 それ、何か映画のシーンのようでいいですね。

曽野 私たちが卒園して、隣にある小学校に入った時も、そのシスターが幼稚園の玄関を掃除していらっしゃる。その姿を見かけるとうれしくなってしまって、「おはようございます」と声をかけるんですけど、彼女は返事もしないですし、振り向きもしないんです。それはね、卒園してしまった子供たちを後追いしないということなんですよ。

石原 後追いしないとは。

曽野 つまり、気にしない。その子のその後の人生と、自分とは関係ない、という姿勢です。

たとえばひとつの例ですが、会社を辞めたとします。辞めた以上は、出入りしないということですね。関心を持たない。人事のこととかを聞かない。それは正しい姿勢だと思いますね。世の中の人は皆、そうしないから余計なことでゴタゴタしてしまって大変なんです。特に定年して戦線から退いたら、権力の座などからはサッと離れることを覚えるべきですね。

　私はあのシスターの姿勢から、すべての物事には「限度」というものがあると教えていただいた。過ぎ去ったものを追う必要はないんです。私は困っている人がいたら動きますが、それ以上の余計なことはしません。

石原　勝手に入り込むことは、しないということですね。それを5、6歳で感じるとはたいしたものですね。

曽野　学校には、ドイツやフランスなどからもシスターたちがいらしていて、何があろうが祖国には帰らないと決めておられた。覚悟がおありだったのです。これもVocation、天職だということでしょう。

人生には不思議な出会いがある

石原　曽野さんは長年、目や体の不自由な人たちとヨーロッパの聖地ですか、巡礼の旅をボランティアでしていたことがあったでしょう。ああいうことも立派なことですね。

曽野　立派でも何でもないですよ。そういう破目になったということです。

石原　あれは目が治ってから？

曽野　そうです。

石原　三浦さんも一緒に行かれていたとか。

曽野　私が盲人の方や車椅子を使う方たちと一緒にボランティア旅行をしますと言ったら、夫が面白そうだなと言って、ついてくるようになったというだけのことですよ。彼は車椅子を押す係の隊長になりましてね。

　ある時、ギリシャに出かけました。中学生の男の子が参加したのですが、彼は不登校だった。心配したお母さんが参加させたんですけど、そのお母さんが旅についてきたんです。
最初の日、ホテルから外に出て、夫が空を見上げて「今日は雨が降るな」と言ったら、その子がびっくりして「どうしてわかるんだ?」と聞くから、「見りゃわかる。自分で判断するんだ」と素っ気なく答えたらしいんです。ラジオで天気予報を聞いて絶対濡れないようにするか、さもなくば濡れてもいいと覚悟するかって。それまで男の子の父親も母親もハラハラ心配して、先回りばかりしてきたんでしょうね。

石原　それは何も不登校の子だけではなくて、今や日本全体の問題ですね。親が何でもしてしまうから、さっき話した脳幹が鍛えられないんですよ。本能的な判断もできないし、心も体も弱くなっている。

曽野　夫が陰で、ほめていました。「あいつは優秀で、能力もあるよ。喋ってりゃわかる」って。それでお母さんと引き離し、男たちだけのグループを作った。重い車椅子で、坂を上ったり、川を渡ったりする。その時は盲人の男性も、夫はこき使うんです。「目は悪くても、足は悪くない」「根性もまあまあある」などと言いながらね(笑)。

石原　特別扱いをしない、それがいちばんいいことだ。三浦さんと会ってうれしかったろうね、特にその男の子は。

曽野　男だけで生活したなんて、初めてだと喜んでいましたね。

石原　今はそういう生活が足りない。

曽野　別の車椅子の方を乗せたまま横転してしまったことがあったんですが、うちの夫は「人生では2本の足がまともでも、こんなことくらいありますから」と言って、謝りもしなかった。でも、それがかえってよかったようで、その方は「学生時代に戻ったみたいだ」と言ってくれましてね。

それに、私が「ありがとう」「あなたのお陰で坂道が上れた」などとお礼を言うことも喜んでくれました。彼らは普段から周りの人たちに「ありがとう」を言う立場だと思っている。でも違うのです。私たちがしてあげているということではない、させていただいている、役に立たせてもらっている、という感謝なのです。

夫の入院中の話をしましたけど、お礼を言うのは自然なことでしょう。でも「ありがとう」って言われたことのない人が、彼らに限らず、今はけっこう日本中に多いのかもしれませんね。

でしょう。

石原　人として当たり前のことが、できなくなっている。その傾向は増していくばかり

曽野　長年の旅行の中で思い出すのは、イタリアのカトリックのお寺の地下聖堂に行った時のことです。階段の幅が狭くて、どうやって車椅子を下ろしたらいいのかわからない。私はどんなところも一緒に行くと決めていましたから、車椅子の人だけ地上に残してお祈りに行くつもりはありませんでした。だから前の晩からどうしたらよいかと考えて、気が小さいから眠れなくてね。

そうしたら当日、突然、それをやってくれるという男性が現れた。いくら計算して考えてもだめなことが、すっと解決してしまう。そういう不思議なことがあるんですよ。それで、この人に何語でお礼を言えばいいのかなと思っているうちに、飛ぶ鳥みたいにサッといなくなってしまった。そういう出会いがあるんです。

老いてからの生き甲斐を見つける

石原　興味深い話ですね。三浦さんもクリスチャンでいらしたのでしたか。

曽野　遠藤周作さんのお陰です。お陰というより影響でしょうか。私の影響があったとは全然思っていません。

石原　遠藤さんは、そんなに敬虔《けいけん》なクリスチャンだったんですか。

曽野　敬虔かどうかは知りませんけど、カトリックの洗礼を受けていらして、朱門とはとても仲がよかったですから、影響は大きかったと思います。

石原　安岡章太郎《やすおかしょうたろう》さんが亡くなる前に洗礼を受けたというのを聞いて、彼の性格からすると、すごく意外で驚いたことがあったんですけどね。やはり死の予感のようなものを覚えて、信仰の道に入ることで安心したかったのかな、と思ったのですけど。

曽野　私は安岡さんのことは、昔、お会いしたくらいなので。私は文壇に近寄らないようにしていたの。私は夫の交際範囲とか友達の集まりとかに女房が出て行くのがあまり好きではないんですね。ですから、彼のことはよくわからない。

石原　僕はちょっとばかり気になって。安心して死にたかったからであれば、それはそれでいいんだろうけど、間際になって洗礼を受ける必然性が僕にはわからなくてね。その内的な構造がよくわからない。死ぬための方便として、すがったのでしょうか。じたばたしたくなかったとか。

曽野　それはわかりません。信仰は神と人間との間の、極めて個人的なことですからね。わからないけど、すがるのではなくて、やはり呼ばれたということなのでしょう。

石原　人助けという話でいえば、しばらく前にニュースになった尾畠春夫《おばたはるお》さんという方は見事でしたね。山の中で行方不明になっていた幼い男児を、ひとりで捜し回って助け出した。あの時、70代後半だったというから驚きですね。日ごろからあちこちでボランティアをしている人だと聞きましたけど、声高にするでもなく、自身の体を鍛えながらひとりで黙々と活動されているそうで、まさに菩薩行を体現していた。老いてからの生き甲斐を示してくれているともいえますね。

曽野　真のボランティアの姿でしょうね。私の夫がそうであったかはわからないですけれど、初老にさしかかったおじさんが少しは役立たせてもらったのだとは思いますよ。

余談ですが、このところ私が嫌だなと思うのは、ボランティア気分で被災地や途上国に身の回りの物を送ること。送りたいという気持ちはいいですよ。ところが途上国へ送る荷物などを見ると、子供のパーティドレスなんかがいっぱい入っていて呆《あき》れます。子供に今すぐ必要なのは、パンツとシャツ、セーターやブラウスやズボンといったものでしょう。相手のことなど考えずに、要らない物をあげることが援助だと思っている人たちがいる。

石原　他者の状況を考えない人間が増えているのでしょう。ボランティアの神髄とは、ほど遠いですね。しかし世の中には、真に人々のために尽くしている人たちはいる。世界に目を向けると、たとえば貧しい地域での医療に尽力したシュバイツァー、看護のシステムを作り上げたナイチンゲール、南アフリカで白人支配を撥《は》ね除《の》けて初の黒人大統領となったネルソン・マンデラ……。皆、晩年になっても、強い信念で人々に尽くした。

日本にも何人もいるでしょうが、そのひとりである聖路加国際病院の院長だった日野《ひの》原重明《はらしげあき》さんの地下鉄サリン事件の被害者への対応は早かった。病院がどこも満杯状態の時、多くを受け入れて、ロビーでも処置を施した。突発事件の際の救命のひとつの在り方を示されましたね。

曽野　今、そこに助けなくてはならない人たちがいる、ということだけ。日野原さんは１０５歳までお元気で、医療の現場に立たれましたね。

悲しみは人生を深くしてくれる

石原　最後まで使命を尽くされた姿には、勇気をもらいます。以前、日野原さんに健康の秘訣《ひけつ》をうかがったことがあったんですが、たとえば空港内で電動の歩道に乗るようなことはしない。スーツケースを引っ張って、早足で出口まで歩くとおっしゃった。以来、僕もそうするようになりました。若いやつに追い抜かれたりすると、意地でも抜き返していたね（笑）。

曽野　石原さんらしい（笑）。

石原　芸術関係でも、老いて、ますます深みを増した人たちはたくさんいますね。俳優でいえば森繁久彌《もりしげひさや》さんをはじめ、三國連太郎《みくにれんたろう》さんなども齢を重ねなければ出ない味わいを見せてくれたし、葛飾北斎などもそうでしょう。
あの「富嶽百景《ふがくひゃっけい》」は、75歳という彼の晩年に作り出されたものだというから、いかに年月と、一心不乱な精進の賜物《たまもの》だったかということですね。西洋でいえば、ピカソもそう。86歳で確か３５０作ぐらいの、女体の連作「エロチカ」シリーズを作って、センセーショナルを巻き起こしましたよね。あれにはたまげたな。

曽野　そうですね。私は中年以降にしか、人生は熟さないと思っています。生涯の黄昏《たそがれ》という時期に入っていって、十分に孤独を知ってこそ、人生は完熟していく。友情もそのようにしてじっくりと育まれていくものだし、さまざまな芸術もそこから生み出されていくのではないでしょうか。
フランシス・ベーコンの『随筆集』の「逆境について」という章に、「順境は悪徳を一番よく表すが、逆境は美徳を一番よく表すものなのである」と書いてあるの。加齢は人に知恵を与えますし、悲しみは人生を深くしてくれる。多くの感情を経て、わかっていくものなのでしょう。

情熱をもって天寿を全うする

石原　そうですね。いかなる仕事であっても、長い人生経験で培われた技や深さといったものは、なまじの若者にはない。これこそが老いがもたらす成熟でしょう。

　老いを受け止めながら、さらに新しい生き甲斐を見出していく。情熱をもって天寿を全うすることが、あとからやってくる者たちへの責任でもあろうと、この頃は思うようになりました。

曽野　本当にそうですね。四季のように、仕組みがそうなっているのだと思います。春が来て木が芽吹いて、秋に枯葉になって……でも、それについて木はやかましく言わずに黙っています。私は畑仕事をするようになって、余計にそれを感じるようになりました。種をまけば小さな芽が出て、茎が育って実がなって。その種をまたまけば芽が出て、という。たいした仕組みだと思いますよ。こんな自然のシステムを作りなさいと言われても、できやしません。

石原 誰ひとりできませんね。

曽野 人もこの「大地の一粒」であって、木の葉が落ちるのは死ということではなくて、生の変化に備えるため。それを繰り返して老いた時に、自分の死を他者の生のために譲ることが大事だと私は思っているんです。

石原 時が巡って、順々に次世代に渡していく。

この世には誰ひとり、要らない人はいない

曽野 今、いかなる仕事でもとおっしゃいましたが、その通りで、世の中に大きな影響力を持つ人もいれば、市井で静かに生きる人たちもいる。小さなことでいいと思うのです。お茶碗ひとつ洗うことでもいい。それで助かる人たちもいるわけです。この世には

誰ひとり、要らない人はいない。

石原　そうですね。年をとるごとに、先祖から与えられた命のありがたさを思いますし、僕は病気をしてから、特にひとりひとりの尊さを思うようになった。

曽野　私たちは、こと中年以降は、弱っている人たちや助けを必要としている人たちの存在を、絶えず意識して生きることが必要だと思いますよ。運命を嘆いてみたり、文句ばかり言っているような人は、誰かに与えるとか差し出すとか、心に寄り添うということがまったくないように見受けられますね。

石原　老いたる者たちこそ、これまでたくさんの人から受けた恩に報いていく、応えていく姿勢が重要になってくるということでしょう。

曽野　知り合いにとてもダンディな男性がいるんです。彼は70代後半だと思うのですが、家の近くの老人ホームでね、朝食の世話をするというボランティアをやっているんです。彼自身が大きな病気をしたことがあって、健康に感謝する気持ちから始めたようなんですけどね。ホームの職員は、家庭での忙しさもあって、早い時間からの勤務は大変なのだと思うのですが、彼がそこを買って出たのでしょうね。それで、なかなかに素敵な人だから、入居しているお婆さんに人気だと思いますよ。年代も近いから話もしやすいし、通じる。彼と話すだけでうれしくなって、生き生きとするようです。

人が生きるうえで、色気というのは、いくつになっても大切なのだと思わされますね。健康の秘訣でもあるのでしょう。

石原　その話はよくわかります。人間にとって「性」というものは非常に大事で、生きる張りになりますからね。友人の作家で、老人ホームを舞台にした小説を書いた者がいるんです。施設に新たな入居者が来て、それも今までより魅力的な人が入ってきたりすると、皆が関心を抱いて、その人は大もてするというね。

人間、どれほど老いても異性に惹かれるのは、恥ずかしいことでも何でもないですし、むしろ刺激となってひとつの生き甲斐にもなります。僕も先だって、ある人に招かれて京都の先斗町《ぽんとちょう》に行った時に、お座敷で、えもいわれぬきれいな芸者にときめきを覚えました。あんなに居ずまいの美しい芸者には会ったことがなかった。名も聞かずに宴会は終わってしまったんですが、ほのかに抱いたああいう思いは久しぶりで、男として感じ入りました。もう少し若さがあれば、何としてでも名前を聞いたでしょうがね（笑）。

曽野　名前を聞かずに別れたのも、またいいじゃないですか。

石原　自分の老いが、ためらわせたのかもしれないなと、あとで思いましたけどね。そういえば、昔、宇野《うの》千代《ちよ》さんからラブレターをもらったことがあったなあ。あの時、宇野さんはいくつだったんだろう。長生きでしたよね。僕の強烈なファンだったりしてね。

曽野　それはそれは……。

石原　まあ異性のことはあれだけど、何事にも情熱でぶち当たりたい人間なんで、決してあきらめず心身を鍛え続けていこうと思っていますよ。

曽野　抗わないことに慣れるのも、楽ですよ。

石原　だから慣れたくはないんだ、僕は。

曽野　お気の毒。

石原　ほんと気の毒、自分が。

曽野　あなたは気の毒で、私はお世話焼き。でも、死が必ず訪れると理解していれば、残された時間にしたいことがはっきり見えてきますよね。同時にどうでもいいこともわかってきますし、むだにしている時間はないです。

石原　ない。流されようと思えば、いかようにも流されます。若い世代にもぜひ言いたい。青春は甘美だし、時間は無限にあるような気がするけれど、あっという間に過ぎ去っていく。一瞬もむだにできないという気概が欲しいね。

毎日、あえて自分に義務を課す

曽野　朝、起きても何もすることがないという人がいるようですが、不幸なことですよ。私は老いた人間に必要なことは、今日もやることがある、ということだと思います。大きい、小さいではなくて、今日はあれとこれをやる、明日はこれとこれ、といった具合に決める。

私は若い頃から、何をするにしても優先順位をつけてやってきました。すべて完璧にはできようもないから、できなければ、それはそれでという。

先ほど、自分の体に鞭打ちながらというようなことをおっしゃいましたが、石原さんのようにダイナミックにはできないとしても、疲れているとか、ここが痛いとか言って動かさないと、人間は逆に具合が悪くなるし、気力も削《そ》がれていきますね。

石原　肉体と精神は連動していますからね。

曽野　石原さんが今、特にやりたいことって、どんなことですか。

石原　曽野さんの話を聞いていたら、サハラにも行ってみたくなりましたね。

曽野　サハラは、私ももう一度行きたい。叶うなら。

石原　どうしてもやっておきたい、やり残したくないことをひとつ挙げるとしたら、スクーバダイビングですね。

曽野　いいわねえ。泳げて、水が怖くなくて……。

石原　もうね、肉体的にも精神的にも渇望しています。今の生き甲斐になっていますよ。僕の敬愛する人に、ドキュメンタリーの映画監督のレニ・リーフェンシュタールという女性がいましてね。ヒトラー政権下にベルリンオリンピック記録映画「民族の祭典」を撮った人なんです。僕は子供の頃に観ましたけどね。

曽野　激動の時代を生きられた人。

石原　もう十何年か前に亡くなられていますが、確か１０１歳まで生きられた。映画が大ヒットしたがために、ナチの協力者として戦犯扱いされて。そのあとの作品もことごとく潰されたんですが、めげることなく60歳でアフリカに渡って、暮らし始めましてね。

曽野　どこの国ですか。

石原　スーダンですね。そこで少数民族「ヌバ」の記録映画を撮りましてね、これがものすごく面白いんです。写真集も大評判になった。すごいエネルギーといいますか。

それから70歳を過ぎてスクーバダイビングの免許を取り、さらには80歳を過ぎてからガダルカナルの島に移り住んだ。「ワンダー・アンダー・ウォーター　原色の海」という、海底を映し出した素晴らしい作品を作っているんです。ダイバーの世界最年長記録の保持者ですね。しかも１００歳ぐらいで結婚したんじゃなかったかな。あの力強い生き様には感嘆しますよ。あくなき挑戦です。あの生き方は、僕の大きな指針になっているんです。

曽野　海に関わられた方なら、石原さんは余計に共感なさるでしょうね。誰にとっても目標になる人がいるということは素晴らしいし、必要なことです。そのためにもお体を回復させて、鍛錬しているということですね。

石原　ええ、何とかして最後に海中という、あの特別な宇宙を、どうしてもこの目でもう一度見たい、浸りたいんです。曽野さんはどうですか。これからやっておきたいことといったら、どんなことですか。

曽野　私はもう十分、生きましたから。残りの一日一日を生きていく、ということだけですね。うちは猫も2匹いますしね。夫が亡くなってから、飼い始めたのですが。

石原　それはどういう理由があったのですか。寂しさというと違うかもしれませんけど。

曽野　ええ、そういうことではないです。猫と会ったのも、まったくの偶然なんです。海の家に行った帰りに地元の農家さんたちが作った野菜や花とかを売っている店があって、よく寄るのです。ちょうどいい大きさの、きれいな季節の花の鉢植えがあって、1000円ぐらいで買えるのよ。

それでついでというか、量販店にも寄ったんです。そこにペット売り場があって、子猫を見つけました。それだけなら買わなかったかもしれませんが、私はその日、夫の残したへそくりの12万円をたまたま持っていたんです。

石原　三浦さんのへそくりって、愉快だな。それはどういうことですか？

曽野　亡くなって3、4カ月経った頃に、夫の書類を整理していたら、その中から折りたたんだ紙幣が出てきましてね。たぶん何かの予備でとっておいて、お財布に移す前のものだったと思うんですけど。それを持って、海の家に行った帰りだったんです。

　前にも猫を飼いたいと思ったことがあって、どこかの家で猫が生まれたらもらいたいなと思っていたんですけどね。犬や猫って、昔はその辺の雑種をもらってきていたでしょう。

石原　近所でたくさん生まれたとかね。

曽野　その薄茶の子猫はね、耳がへたりと折れて、愛嬌《あいきょう》のある顔だったの。それを見て、飼おうと思いました。でも驚いたことに、12万円では足りなかったから、自分のお財布から少し足しましてね。一応、スコティッシュフォールドという血統書つきだったのですが、生地は茨城県なのよ。

石原　日本生まれの外国の猫なんですか。

曽野　オスだったので「直助《なおすけ》」と名前をつけましたが、数日後にはもう我が家に馴染《なじ》みましてね。ひとり家族を見送ったあとに、新しい存在が入ってきたような気持ちになりました。ただ自然にやってきたような感覚といいますか、ああ、これはへそくりの使い道としては、けっこうよかったんじゃないかと思えましたね。

それからしばらくしてね、猫通の知人から「猫は2匹、いたほうがいいわよ」と言われて、真っ白な毛足の長いメスの子猫を見つけて飼い始めました。こちらは「雪」と名づけましてね。彼らは、すでに我が家の役に立ってくれているのです。

石原 今、ペットを飼っている人は多いですね。犬に服を着せているのは僕から言わせればどうかと思うけど、それはそれで飼い主の役に立っているんでしょうね。

人生で出会った人たちを探して、お礼を言いたい

曽野 もうひとつやっておきたいことを強いて言うならですが、私は人を探す旅をしてみたいんです。

石原　人探し？

曽野　ええ。ずいぶん昔に観た「舞踏会の手帖」という、モノクロの洋画があったんです。ある女性が社交界にデビューした夜に、数人の男性とワルツを踊った。その方たちを何十年も経ってから訪ねるという物語でした。

石原　それはロマンティックだな。

曽野　私が探したいのは、ダンスのお相手ではなくて（笑）、これまでの自分の人生で出会って、お世話になった人たちなんです。その方たちにひとこと「ありがとうございました」と感謝を述べたいのです。それができたなら、少しは私の一生も跡を濁さずに済むのかなと思うわけです。

石原　それをいうなら、僕も礼を伝えたい人は大勢います。すでに亡くなってしまった人たちも多くて、言えずに別れてきた。

曽野　事情ができて、その日に会えなかったという場合もあったし。その事情を何とかして説明できたら、その人と、その後の関係がねじれてしまうことが防げたのに。体力も気力もなくて、その人と疎遠になってしまったというようなこともありますね。それは悔やんでいるのとは違うのですが。

石原　多々ありましたよ、そういうことも。

曽野　出会いという始めがあったからこそ、終わりにも巡り合った。そういうことを、ある時期から思うようになりました。もう生きて会える時間は少なくなってきましたが、これまでいろいろな人たちと出会って、人生を眺めさせてもらった。ありがたい、素晴らしいことだったと思います。

石原　この年齢になると、あらためて出会いというものは、本当に思いがけない、自分の意思とは別のところで何かが働いた、不可思議なものだったという気がします。

曽野　死と同じで、人智では測れないことなのでしょう。それだけに人と出会う時間は、特別で光栄なものだと私は思っていますね。日ごろ、私たちは人と会うことなど当然だと思いがちでしょう。でも神様に引き合わされたといっていい、貴重な機会なのではないでしょうか。

生涯は単なる旅路にすぎない

石原　そう考えると相手に対しても、時間というものに対しても、一時一時、真剣に対《たい》峙《じ》していかねばと思いますね。時間が少なくなっていく僕らは、なおさらです。

曽野　「Life is a mere journey《ライフ・イズ・ア・ミア・ジャーニー》」と、外国人のシスターがよく言っていましたが、生涯は単なる旅路にすぎない。その旅路を行く。

石原　含蓄のある、いい言葉ですね。

曽野　いろいろとお話をしてきましたが、死というものには結論など出ない。株の儲け方とかいうようなテーマなら出るかもしれませんけど（笑）。死はすべての人に平等に訪れるものであって、これだけ、あれこれと命題が与えられている、ということが素晴らしいんだと思います。

石原　確かに面白い。僕と曽野さんの考え方だけでも、正反対ですからね。最後までがむしゃらにやりたい僕と、静かに死を受け入れていく曽野さんと。

老年期は、それぞれ自分の老境と向き合って存分に味わっていく。そうやって人は成熟していくのでしょう。それが人生の妙味といえるのかもしれません。

曽野　わかっているのは、人には最後に果たすべき任務、つまり死ぬという使命があるということだけ。

石原　まさに死は人生の頂点です。そして最後の未知、希望である。

曽野　そういうことでしょうね。どういうものかはわからない。でも未知だからこそ、最期の瞬間、そこで大発見するかもしれないですしね。いずれにしても、人生の持ち時間は決まっている。

石原　自身の運命として。

曽野　ええ。終わりがあってこそ、人生は一応完結する。

石原　だからこそ、命ある限りは自らを鼓舞して、輝かせていくしかない。僕はまだこれでもかというくらい、やりますよ。そして、やはり貪欲に死の実相を探り尽くしたい。この気持ちは、幕が下りる、その瞬間まで持ち続けていくことになるでしょうね。

曽野　私は未知のままで。すべてに感謝をして軽やかにいきますよ（笑）。

おわりに　曽野綾子

私がいわゆる文壇というところで、新人作家として書き始めた頃、そのグループの顔ぶれは日本文壇史上、もっともはなやかなものだったかもしれない。「太陽の季節」という社会的なヒットをした小説の題名であるばかりではない。当時の風潮を示す社会的な表現は、空前のヒットをした小説の題名であるばかりでなく、その旗手が同名の短編を書いた石原慎太郎という青年だった。弟の裕次郎氏は、それまでの石原家にとってまったく無縁だった芸能界の輝く星になった。つまり当時の芸能界の大スターだった。美空ひばりとはまったく違う歴史を持って生まれてきた知的一家である。

そうした新しい書き手の親たちは等しく食べるのに困らなかった。子供たちを大学まで やることが、経済的な重荷になることもなかった。私は大学の新制度ができた時、旧制女学校からその新制度に滑り込んだ最後の年代である。卒業後、新しくできた4年制の女子大の4期生として入学した。

外から見ると、制度は短期間にがたがたとよく変わったのだが、生徒としては、別に深い困惑を覚えた記憶もない。私の性格の中に、世の中の制度が変わることに対する興味がなかったからだろう。日々は同じように来て、また去っていくように見えるだけである。

もっともその間に変わらなかった思いもある。「個人的な暮らし」や、私の精神的な風土の中に常にあった「死」の意義などである。ことに死は、私の日常の中で永遠に答えの出ない命題であった。それはアメリカ軍の空爆に絶えずさらされていた当時の日本人の日常で、常についてまわる哲学的な世界であり、永遠に新しい感動を伴う個人の運命でもあった。これほど古くならない感動的な変化はないだろう。

それ以来今まで、私は何十年も同じことを考え続けている。進歩もなく、答えも出ていない。だから私は目下のところ、死ぬこともやめて、まだ生きているのである。

そしてその何十年もの間、私はほとんど石原氏に会わなかった。石原氏が政治の世界を歩きだしたのと、私の持ち前の、パーティ嫌いという性格がますます高じたために、物理的にも人と接点を持つ機会がなくなったからである。

石原氏が、80代以後をどう生きようとしておられるのか、私は知らないが、氏のことだから、一仕事も二仕事もされるつもりだろう。一方私は、流されて生きるのが人生、と思い続けてこの年まで生きてきてしまった。石原家と我が家とは、十数キロしか離れていないのだが、もしかすると再会の機会もなくこの世を終えたかもしれないのに、今回この本の企画のおかげで何十年ぶりかに語ることもできた。

人は現世で、何事にも十分に出逢ってから死んだほうがいい。楽しい出来事ばかりでもなく、必ず気の合う人にだけ会えるわけでもないが、そうした経過があってこそ、人は深い人生を感じて最期を迎えられるのだろう。何十年ぶりかの石原氏との思わぬ再会も、まさにこのような人生の彩りのひとつであった。

カバー写真（石原慎太郎）　操上和美
（曽野綾子）　篠山紀信
装丁　萩原弦一郎
構成　水田静子
ＤＴＰ　美創

著者略歴

石原慎太郎

1932年神戸市生まれ。一橋大学卒業。1955年、大学在学中に執筆した「太陽の季節」で第1回文學界新人賞、翌年芥川賞を受賞。『化石の森』(芸術選奨文部大臣賞受賞)、『生還』(平林たい子文学賞受賞)、ミリオンセラーとなった『弟』、2016年のベストセラーランキングで総合第1位に輝いた『天才』など著書多数。近著は『老いてこそ生き甲斐』。

曽野綾子

1931年東京都生まれ。作家。聖心女子大学卒業。1979年ローマ教皇庁よりヴァチカン有功十字勲章を受章、2003年に文化功労者、1995年から2005年まで日本財団会長を務めた。1972年にNGO活動「海外邦人宣教者活動援助後援会」(通称JOMAS)を始め、2012年代表を退任。

死という最後の未来

2020年6月20日　第1刷発行
2020年7月10日　第4刷発行

著　者　石原慎太郎　曽野綾子
発行人　見城 徹
編集人　森下康樹
編集者　四本恭子

発行所　株式会社 幻冬舎
〒151-0051 東京都渋谷区千駄ヶ谷4-9-7
電話 03(5411)6211(編集)
03(5411)6222(営業)
振替 00120-8-767643

印刷・製本所　中央精版印刷株式会社

検印廃止

ISBN978-4-344-03613-0 C0095
幻冬舎ホームページアドレス　https://www.gentosha.co.jp/

この本に関するご意見・ご感想をメールでお寄せいただく場合は、
comment@gentosha.co.jpまで。